U0596185

启真馆 出品

守书人文丛

两半斋随笔

俞晓群　著

浙江大学出版社

Zhejiang University Press

图书在版编目（CIP）数据

两半斋随笔 / 俞晓群著 . — 杭州：浙江大学出版社，2020.3
ISBN 978-7-308-19884-4

Ⅰ.①两… Ⅱ.①俞… Ⅲ.①随笔—作品集—中国—当代 Ⅳ.① I267.1

中国版本图书馆 CIP 数据核字（2020）第 003256 号

两半斋随笔

俞晓群　著

特约策划	草鹭文化
责任编辑	周红聪
特约编辑	张　璋
责任校对	叶　敏　牟杨茜
装帧设计	杨　庆
出版发行	浙江大学出版社
	（杭州天目山路 148 号 邮政编码 310007）
	（网址：http://www.zjupress.com）
排　　版	上海碧悦制版有限公司
印　　刷	北京中科印刷有限公司
开　　本	787mm×1092mm　1/32
印　　张	8
字　　数	88 千
版 印 次	2020 年 3 月第 1 版　2020 年 3 月第 1 次印刷
书　　号	ISBN 978-7-308-19884-4
定　　价	65.00 元

浙江大学出版社市场运营中心联系方式：(0571) 88925591；http://zjdxcbs.tmall.com

序：巨大的另一半

沈昌文

我对正规上班时间以外的另一半，始终深怀敬意。二十来年前，读台湾郝明义先生写的《工作 DNA》，就已有此念。他有一个说法："工作比床重要。"你不上班，似乎闲起来了，要睡觉了。其实，会做事的人，这时想干的事会更多，心里会更烦。

俞晓群嘴上不说，其实是个典型的"巨大的另一半"的奉行者。他的这本大著，便是说明。他在书中讲了许多位中国的大出版家，研究他们的活动、主张，实际上是部中国近现代出版思想演进史。以这样的成就完成他的人生的"另一半"，可以说是"奇迹"了。

我喜欢看书中谈我熟悉的人的故事，例如讲陈原他老人家。我对陈原可说熟悉已极，然而我喜欢说这位老前辈的闲情逸致，不多说他的出版观念。俞晓群在这里对陈老的出版观念作了系统阐发。在我的记忆里，最难忘的是他同俞晓群在沈阳的第一次交往。那次俞老弟请陈老吃饭，去一家广东饭馆。事后陈老对我说，我这次终于在东北吃到了地道的广东菜；过去你陪我在北京吃的，其实不是广东菜，是香港菜。这个故事，可以当作笑话讲，但不是出版观念。研究并述说陈老的出版观念显然要比这难做得多，艰难得多。

　　在这本书里讲的种种出版界大人物的光辉事迹中，我很爱看的是一位"雪呆子"女士的故事。我很希望，俞老弟下一本大著请这位"雪呆子"来写序。

2019 年 3 月

目 录

...

张元济：老商务的知识分子传统

　　时逢商务印书馆建馆一百二十周年，张元济先生诞辰一百五十周年。不同寻常的纪念，再一次触动中国社会的神经。在整整一年的时间里，欢庆的、追忆的、沉思的、争论的……种种表情与言说纷纷显现。为什么会这样？

　　因为商务印书馆从诞生那天起，就与现代中国的命运、中国知识分子的命运相联系，在许多仁人志士的心中，留下"一个长长的商务情结"。正如1933年，胡愈之主编《东方杂志》，那一篇《新年的梦想》，封面上有丰子恺漫画：一个赤膊少年坐在水盆边，用肥皂和来苏儿清洗盆中的一个地球仪。献梦者有柳亚子、郁达夫、茅盾、巴金、杨杏佛、徐悲鸿、郑振铎、叶圣陶、周作人、周谷城、夏丏尊、楼适夷和丰子恺等一百四十二人，他们洋洋洒洒，挥笔写下二百四十四个梦想。如果说有"商务精神"的存在，这一次貌似"盗梦空间"的行为艺术，正是中国文人的一种集体表达。

百年以来，人们对于商务印书馆的理解愈加深刻：有民族危亡的文化抗争，有东方乌托邦社会形态的探索，有"教育救国"的理想主义追求，有中国现代思想启蒙的旗帜，还有现任商务印书馆老总于殿利重重的言辞："商务不仅是商务人的商务，它承载着中国几代出版人乃至知识分子的文化使命和文化追求。"

基于此，让我们作一点思考。

三个来源——藏书世家、传教士、新型知识分子

一个新型的文化企业，它的出现往往有一个复杂的背景为依托。回顾商务印书馆的诞生，起码有三个主要来源需要承认：

其一，来源于中国传统藏书、抄书与刻书产业，已绵延数千年。19世纪伴随着西学东渐和洋务运动的兴起，西方出版业开始登陆中国，引起中国传统书业的变革。稍作了解不难发现，商务印书馆的两个主要创办者与发展者会投身于此，都与他们的家庭背景有关。

一是创办商务印书馆的鲍家。一般只介绍他们的美国长老会背景，其实早在清嘉庆年间，宁波鄞县三桥鲍家和慈溪乍山严家就联合投资，在宁波创办了"汲绠斋"书局，附设作坊刻印古籍，曾经成为宁波五大书局之首。据载，清

时宁波道台、知府等官宦，常服青衣小帽，到汲绠斋选购图书。入学儒生、候考童生，也喜欢来购书看书。上海商务印书馆创办时，鲍氏兄弟向汲绠斋求援。汲绠斋选派印刷工人前去支援，后来汲绠斋成为上海商务印书馆宁波总经销处。

二是张元济。他出身藏书世家，其十世祖、明末人士张奇龄斋名"涉园"，九世祖张惟赤是清顺治年间进士，开始着意搜藏图书。至乾嘉之际，六世祖张宗松藏书之富达到顶峰，兄弟九人中至少有六人以藏书著称。道光以后张氏中落，涉园亦毁于战火，到张元济时，只剩下涉园之名，无一册藏书留存。以此为背景，张先生一生立志恢复祖业，四处搜集先人旧藏，听闻钤有张氏涉园印记的书，更是不惜重金收购，因此有涵芬楼、东方图书馆和合众图书馆的诞生。据称，涵芬楼所藏善本，当时仅次于北京图书馆。加上各地藏书家襄助，商务开始影印出版古籍。此时我想到，张先生弃官从商，似乎还有家世书香的传承。

其二，来源于传教士的影响。他们为印《圣经》和传教资料，在中国兴办出版印刷机构，如墨海书馆、美华书馆。宁波鲍氏等创办商务印书馆，即受美国长老会出版活动影响。一是创办商务印书馆的鲍氏兄弟的父亲鲍哲才，早年就读于宁波教会学校崇信义塾，后来在教会出版机构华花书房做排字工。1862年华花书房迁到上海，更名为美华书馆，鲍哲才是创办人之一。他后来成为清心堂牧师，1875年曾参与创办《小孩月报》和《花图新报》。二是创办商务印书馆的四位发起人鲍咸恩、夏瑞芳、高翰卿和鲍咸昌，他们早年均就读于教会学校清心义塾，毕业后在美华书馆学习出版、印刷和排字。后高凤池任美华书馆华人经理，夏瑞芳任《字林西报》植字部主任。三是商务最初的畅销书《华英初阶》等，作者谢洪赉的父亲谢元芳，是鲍哲才读崇信义塾时的同学。

其三，来源于当时上海聚集的一大批知识分子的影响。正如熊月之指出，晚清上海崛起一个新型的文化人群体，戊戌变法时期，约有一千二百人，到 1903 年增加到三千人，1909 年增加到四千人。与传统士大夫比较，他们共同的特点是：有较新的知识结构，有较好的西学素养，有比较相近的价值观念，有比较相近的人生观。他们不再把读书做官视为实现人生价值的唯一取向，往往凭借新的知识，服务于新式报馆、书局、学校、图书馆和博物馆等文化机构，从而实现自己的人生价值。张元济先生正是其中一员。

三位所长——各擅胜场，情谊笃深

商务印书馆建馆一百二十年，谈编译所所长，最初是蔡元培，接着是张元济、高梦旦和王云五，他们是百年商务内容建设的灵魂，又是极好的朋友。此处按下蔡先生不表，单说后面三位的故事。

张元济加盟商务印书馆，重要背景之一是他的"翰林"身份。此称谓不仅特殊在仕途，还是学问与才能的代称。晚清救亡强国人物如曾国藩、张之洞、李鸿章和沈葆桢都是翰林出身。民初要员如蔡元培、徐世昌、谭延闿和颜惠庆亦是翰林出身。翰林后代名人有傅斯年、张爱玲、鲁迅、赵朴初和启功。清末上海新出版兴起，许多机构如点石斋、同文书局，乐于聘请翰林主持编校机构。张元济受聘商务印书馆，是理所当然的不二人选。

再者张元济不但翰林出身，而且熟稔洋务与新学，人脉丰富。如他在京为官时，曾为光绪皇帝找书，书目中有黄遵宪《日本国志》。那时找新书不易，张元济或将私藏及朋友的书拿出来晋献皇帝，每次呈书必具"总理各国事务衙门章京张元济呈"。1898年6月，光绪分别召见康有为和张元济，此二位是六品，此前皇帝只见四品以上官员。三个月后变法失败，张元济被罢免。1902年张元济投身上海商务印书馆。光绪在1908年1月29日曾开列书单，列书四十种，其中政治官报局出版五种，其余三十五种均为商务印书馆新书。内务府呈进其中二十七部，其他十三种，或"现在不齐"，或尚未出版，暂未呈进。二十多天后，即1908年2月17日，内务府又补进五种，则未进之书只剩下八种。此时张元济已在商务印书馆工作多年，可见君臣之间心脉相通。这一年光绪皇帝离开人世。

高梦旦出身于桐城派古文名家，中过秀才。他是维新人士，与梁启超为至交，曾作为求是大学堂监督带领学生去日本留学。他认为教育改革的根本在小学，因此立志编教科书，1903年12月进馆，任国文部主任。1918年接任编译所所长。

王云五完全自学成才，他来商务印书馆，最初是在1921年被胡适举荐给高梦旦的。是年9月15日王云五来编译所了解情况，11月5日张元济日记写道："又谈梦翁辞编译所长，荐王云五事。似太骤，可先任副所长，梦公仍兼所长。如兼管业务科事，则编译所事尽可交与王，而己居其名，俟半年后再动较妥。"11月13日王云五写出《改进编译所意见书》，11月21日张元济日记写道："公司是日谈梦翁辞退编译所长、举王云五自代事。"

高梦旦人品极好，被胡适称为"当代圣人"。1926年王云五遭绑架，高梦旦自己拿钱请人斡旋，将他救出。1936年高梦旦去世，王云五在悼念文章中写道："高先生待我不仅是最知己的朋友，简直要超过同怀的兄弟。"王云五还说，高梦旦去世后，他在商务最好的朋友只有张元济，"即私交上亦无话不说，取代了梦旦先生对余之关系地位"。王云五曾两次辞任总经理，都是张元济极力挽留，甚至写道："罗斯福岂恋恋于白宫，其所以再三连任者，亦为维持大局，贯彻己之计划也。"1948年12月，张元济写给王云五最后一封信，内有："商务印书馆本届股东年会，甫于本月19日举行，与同人商酌，谓公此时正宜韬晦，不敢复以董事相溷，想蒙鉴察。"为此王云五极为伤感，但直至去世，从未对张元济有不恭之词。他逝世前二十天，还为张元济《涉园序跋集录》写跋，此为王云五最后一篇文章。

两个方向——介绍西学，整理古籍

1902年张元济来到商务印书馆，他为编译所确定四个选题方向，即编写新式教科书、翻译海外著作、创刊大批杂志和出版各类词典。其实还有一项，即中国古代典籍的收藏、整理与翻印。此处仅就中西文化传播略述。

其一，商务印书馆翻译海外著作的传统与生俱在。受时代影响，鲍氏创业时即有此志向。到张元济加入后，很快成为行业翘楚。后来请胡适、王云五加盟商务，也有助力绍介西学之意。商务翻译的著名项目如林纾、严复全部译著，康有为称"译才并世称严林"。再如1908年，光绪开出四十部"最后的书单"，其中三十五部出自商务，也都是各类译著。

商务最具标志性的译著是"汉译世界学术名著丛书"。其于1929年开始编印"汉译世界名著丛书"第一集一百种,三百三十三册;1934年编印"汉译世界名著丛书"第二集一百五十种,四百五十册;1966年台湾商务印书馆曾在此前"汉译世界名著丛书"中选出两百种,共计六百册,构成"汉译世界名著甲编",在台湾编印。再者1958年陈翰伯任商务总编辑,翌年任总经理,此后为"汉译名著"做大量编译基础工作,出版和储备选题千余种。1977年陈原任商务总经理兼总编辑,为纪念商务建馆八十五周年,在前人劳作的基础上编印"汉译世界学术名著丛书",丛书名目中加"学术"二字,第一批五十种在1982年出版。此后分批陆续推出,至今不绝。

其二,商务印书馆对中国传统典籍的编印也有传统。比如1970年王云五在台湾商务印书馆月会上讲到，商务建馆七十四年，出版图书数万种，其中有创造性的选题只有三十种。而在这三十种之中，中国传统文化的项目占有极大比重，诸如：《辞源》《百衲本二十四史》《四部丛刊》《国学基本丛书》《四库全书珍本》《丛书集成》和《古书今注今译》等。

其中以《四库全书》为例，北洋政府时，叶恭绰提议影印文津阁《四库全书》，张元济认为规模太大，只能分批进行。后商务印书馆有《四库全书珍本初集》问世。王云五到台湾后，从1970年开始在台湾商务印书馆出版《四库全书珍本二集》，以后每年出版一集。1976一册《四库全书珍本别辑》，直到1978年出《四库全书珍本九集》。翌年，王云五离世。另外近些年，《中国出版家张元济》作者卢仁龙影印出版文津阁《四库全书》，完成张元济遗愿。

尾声——寻墓者说

据载:"1959 年 8 月 14 日,张元济先生与世长辞,享年九十三岁,骨灰安葬在上海联谊山庄,一个小小的墓碑上由陈叔通写碑文。1966 年被暴徒所毁,其子张树年嘱托儿子与侄子,冒风险赶去山庄挖出骨灰盒,悄悄藏于家中,后迁到海盐张氏公墓入土为安。"

张氏公墓乃 1926 年张元济出资倡建。在张先生诞辰一百五十周年之际,韦力先生前往海盐寻墓,结果只见到"一片菜地和那个没有任何字迹的水泥碑,已然看不到任何跟张元济有关的痕迹"。

邹韬奋：大众的文胆

    1944 年 7 月 24 日，在抗日战争胜利前夕，在邹韬奋先生不到五十岁的时候，他因为罹患癌症离开这个世界。

    1949 年后，研究邹韬奋先生的文字一直很多，尤其是改革开放后，著作有《邹韬奋》《忆韬奋》《邹韬奋传》《邹韬奋的故事》《邹韬奋传记》《少年邹韬奋》《邹韬奋谈人生》《韬奋新论》，还有《邹韬奋全集》（十四卷）和"走近韬奋丛书"等等，达数十部。

    近些年，当人们再度评说那段历史时，韬奋先生的名字依然熠熠闪光。2009 年，他被列入"一百位为新中国成立做出突出贡献的英雄模范人物",被称赞为"以犀利之笔为人民大众服务"。2014年,他被列入"第一批三百名著名抗日英烈和英雄群体名录",身份是"新闻记者、出版家"。2015年,十四卷《韬奋全集》(增订版)在他诞辰一百二十周年之际出版。再有,他的相关著作如《出版家邹韬奋》《忆韬奋》和《韬奋六讲》等等,还在不断面市。

近日又读到韬奋先生两部选集《转到光明的反面去》和《生活与我》,上海交通大学出版社出版,聂震宁先生选编。前一册为政治随笔、散文游记、书评书话及序跋,后一册为生活与工作自传。聂先生称赞韬奋先生"在写作上自成一家",一生致力于创造一流的文化事业,从而"浸润千万普通大众的心田"。

我为这两部韬奋著作的出版而感动。它们是从近千万字的韬奋作品中遴选出来的,选编者的工作主旨,既是一种导读,也是一种表达,因为韬奋的名字已经化作一种精神，融于我们这个时代之中。它经历政治风雨的冲刷与洗涤，经历某些因素的修正与锈蚀，此时确实需要加以磨濯，消除后来者的麻木、无视、无知或曲解，使那些本真的东西，闪现出固有的光芒。总之，我们试图了解一个人的思想本质，阅读其原著是最好的办法，有时也是唯一的办法。

其实几十年来，人们解说"韬奋精神"时，产生过许多赞美之词。我曾把它们收集起来，感叹其"几乎可以覆盖中华民族全部的传统美德和进步思想。像真诚、自由、创造、硬骨头、独立、认真、献身、革命、爱国、大公无私、嫉恶如仇、不屈不挠、坚定、虚心、公正、负责、刻苦、耐劳、同志爱、群众观点、全心全意为人民服务的精神，直至共产主义精神"。但韬奋先生是如何解说呢？他说自己最敬佩"傻子的勇敢"，正如高尔基在《鹰之歌》中写道：

"我们唱着歌，赞美傻子的勇敢！"其中蕴含着两个要点：独立与真诚。

为了了解"韬奋精神"的实质，在韬奋先生诞辰一百二十三周年之际，认真读一读他的原著，倾听他的故事，真实地领会他的思想和行为，实在是最好的纪念。在这里，我列出三段难忘的阅读记忆，与大家共享。

六次流亡

1921 年，韬奋先生从上海圣约翰大学毕业后，就认定未来要进入新闻界，做一名记者。做什么样的记者呢？他最敬重梁启超先生。当年袁世凯想当皇帝，以二十万元贿赂梁先生，希望他不要撰文反对。梁先生答道："我诚然是老于亡命的经验家，但宁愿乐于亡命，不愿苟活于此污恶的空气中。"韬奋先生对此大加赞赏，将梁先生奉为人生导师。1931年韬奋先生任《生活》周刊主编时，也曾遇到类似的事情：有读者来信，揭发当时的交通部长王博群贪腐丑行，王博群闻讯送上十万元，请韬奋先生不要刊载，遭到严词拒绝。

这样的人生追求，也使韬奋先生不断受到恶势力的迫害。在不到十年的时间里，他曾流亡六次，有"流亡记者"的称号。第一次是1933年7月，他为逃避迫害流亡海外；第二次是1935年3月，他为逃避蒋介石邀请流亡香港；第三次是1937年11月，日寇入侵上海，他流亡武汉；第四次是1941年3月，生活书店五十多家分店几乎全部被查封，他为逃避迫害流亡香港；第五次是1942年1月，日寇占领香港，他流亡广东抗日根据地；第六次是1942年末，韬奋先生病重，且被特务跟踪，他流亡上海。

比如第一次流亡，韬奋先生谈到两个原因。

一是他主编的《生活》突飞猛进，由一个几千份的内部刊物，几年内每期销量达到十五万份，成为当时销量最大的报刊。苏雪林女士写信将此事告诉胡适先生，胡先生不信，说出版界邵某说不过二万份而已。韬奋先生开玩笑说，如果那些人也像胡先生那样看不懂就好了，可惜他们看懂了，最终查封掉生存八年的《生活》周刊，蔡元培、黄郛等人出面求情都没有用。二是蔡元培、宋庆龄发起中国民权保障同盟，有鲁迅、胡愈之、林语堂、王云五、沈钧儒、郁达夫、叶绍钧、茅盾和邹韬奋等名流参加，杨杏佛任秘书长，曾营救过陈独秀、邓中夏、廖承志、陈赓、丁玲和潘梓年等志士。后来杨杏佛先生被暗杀，杨先生刚与小儿子杨小佛上汽车，子弹四面飞来，杨先生用全身护住儿子，被打得满身弹孔。据传暗杀的黑名单上，还有韬奋先生的名字，因此他开始第一次流亡。

英国、德国、苏联和美国，韬奋先生分别就它们写了四本书：《萍踪寄语》三卷和《萍踪忆语》。他说有一次见到周恩来先生，周先生偶然提到《萍踪忆语》，称赞这本书写美国"亲切有味，内容丰富"。

再如第二次流亡，最初由国民党高官刘健群、张道藩来探听韬奋先生的口气，后来杜月笙先生出面，邀请韬奋先生去南京见蒋介石。杜先生拍胸脯说，安全没有问题，保证陪他同去同回。临行前夜，韬奋先生因故取消此行，杜先生很不高兴。第二天戴笠在南京车站接他们，天降大雨，戴笠没接到人，半路上车子还翻掉，弄得满身泥污。韬奋写道："实在对不住他。在他们看来，我是一个最不识抬举的人。"此后经人劝说，韬奋先生出走香港，开始第二次流亡。

韬奋先生通过两件事证明，自己不去南京是对的。一件是此前发生过吴稚晖等四老担保，李济深先生去南京，结果被扣留在那里的事情。另一件是三年后，韬奋先生在重庆见到张群先生，张先生说那次请你去南京，是因为陈布雷太忙，想请你去做"陈布雷第二"，帮助政府做事。韬奋先生说：如果我不做，要被扣留；如果我做，一定做不好，那比扣留更糟糕。

七人之狱

1936 年 11 月 22 日深夜，韬奋先生与沈钧儒、章乃器、李公朴、王造时、史良和沙千里为组织救国会而被捕，在苏州度过八个月的铁窗生活。

韬奋先生几次写文章记叙那段遭遇，一位大记者的视角如此与众不同，留下极其生动的记忆。一是写李公朴先生。为在法庭上发挥效果，他把材料背得烂熟，在号子里大练嗓子，发言时震动房瓦。他们在待审室听到李先生哗啦哗啦的声音，不禁失笑。李先生回来赶快问怎样，韬奋先生回答："一两千听众一定会对你的救亡伟论听得清清楚楚。"二是写王造时先生。他是一位博士、教授、大演说家，出庭时口若悬河，挥手大作其演说家姿态，讲着讲着就由面对法官转三十度，逐渐面对听众。法官提醒，他转回来，过一会儿又转过去，引得全堂大笑。三是写沈钧儒先生。先生一副美髯，蔼然仁者，岸然道貌，配合起来让人肃然起敬。法官也不忍老先生久立作答，专门安排一张椅子。但他要与救国同志同甘苦，不愿独坐，始终未应允。四是写章乃器先生。他在法庭上大声狮吼，历数日本人把中国工人像猪猡一样虐待，引得在场法警连连点头。五是写沙千里先生。他在狱中研究英文，研究法律，学唱《苏武牧羊》。六是写史良女士。她最初被认为证据不足，允许律师保出，公安局仍坚持发拘票，她拒绝到案。但见到上述同案六人解送苏州入狱，她于 12 月 30 日到苏州自行投案。

七君子事件，韬奋先生还记载一段"胡子的故事"：沈钧儒先生是美髯公，李公朴先生的胡子像板刷。在去法庭的路上，每两人共乘一辆车，史良独坐，汽车的踏板上站着持枪的宪兵。沈李同在一辆车上，沿途警察加双岗，他们不知车上是何人物，因此不理别人，只给有胡子的沈李二位敬礼。李先生一路还礼，累得够呛，回来后还大拉其胡子，认为这把胡子不可不留。

谁的"文胆"

韬奋先生的才华是公认的。所以有人让他加入国民党，他说："我觉得以国民的立场较国民党员的立场为佳。"有人劝他做陈布雷那样的"文胆",他却叹息陈先生不再是那个有责任、有文字修养的"畏垒先生",只做一个消极的起草人,即使做到独善其身也是不够的。有人提出将生活书店、正中书局和独立出版社三家合并,他说,这样做会使生活书店失去店格,"我认为失去店格就是灭亡,与其失去店格而灭亡,还不如保全店格而灭亡"。

就这样,韬奋先生主编的"六刊一报"被禁掉,即《生活》《大众生活》《生活日报》《生活日报周刊》《生活星期刊》《抗战》《全民抗战》。韬奋先生出版的图书,仅抗战时期被查禁的书目,就有二百多种。韬奋先生主持的生活书店,在1941年2月,五十六家书店被查封五十五家,四十多位经理被捕。此时韬奋先生还在参加国民政府的参政会,他只有辞去参政员,含着眼泪,愤然离开会场。

2015 年，韬奋先生的小女儿邹嘉骊接受采访时说，她在编《韬奋全集》时，想到父亲被扣留的稿子，曾去南京第二历史档案馆查找，结果在国民党档案里，找到十一篇被查禁、扣留的父亲文章，"一看原稿的毛笔字，我就知道这是父亲的字"。

其实韬奋先生的追求并非"高大上"。他说："作为编辑，我只是为读者服务，一生乐此不疲。"读者是什么？就是大众。所以称韬奋先生为"国之文胆"，他只想做大众的文胆，替大众生活奔走呼号。正如范用先生所说："（韬奋先生）毕生做人民大众的喉舌，替老百姓说话……"正如韬奋先生在生命的最后时刻，当有人问，抗战胜利后，中国会成为什么样的中国呢？他说："人人有饭吃，人人有书读，人人有民主权利。"

丰子恺：愈久远，愈难忘

在丰子恺先生诞辰一百二十周年之际，《出版人》杂志希望我能写文章，谈一谈此时的感想。确实，在过去的近十年中，我来到北京海豚出版社工作，不久就与"丰子恺"这个名字结下了深深的缘分，做了许多与他相关的事情。

如今回忆起来，有很多话题要说，但细细思考，该说的话又多到不知从何处启口的程度。好在当下网络写作盛行，其中有两个观点颇让我青睐：一个是碎片化思考，它来源于碎片化阅读的反作用；另一个是公号化写作，它是对传统写作规范的一种反动，也是文字载体的去神圣化与去格式化，给写手带来更多的思考与写作自由，也给读者带来更大的阅读空间。正是基于这样的一些因素，我落笔写下如下一些题目。

漫画

提到丰子恺，我们首先想到的，一定是他的漫画，那样一些故事久已四处传颂：1914 年，他就读于浙江第一师范学校，早期他的画作受到老师李叔同的赞扬，从此立志一生从事绘画艺术。1921 年，他东渡日本游学，见到竹久梦二的画作，深受其绘画风格的感染。1922 年，他回国后，开始吸纳竹久梦二、陈师曾等人的画风，用毛笔作简笔写意画，题材多取古诗词句、儿童生活、社会现实。1924 年 7 月，他的《人散后，一钩新月天如水》发表于《我们的七月》，从此一举成名。1925 年 12 月，他的第一本画册《子恺漫画》由文学周报社出版。1927

年，他的第二本画册《子恺画集》在开明书店出版，朱自清作跋。1928年，他的《护生画集》出版。在短短的几年间，"子恺漫画"妙笔不断，渐至家喻户晓，妇孺皆知，成为传世之作。

我记得二十世纪六十年代，时事变故，我家中父亲的藏书被糟蹋得七零八落。所余孑遗，都成为我家兄妹四人的最爱。其中有两册小开本的《子恺漫画》，我们经常围坐在一起共同翻看，共同评论。它们应该是民国时期的版本，书翻得久了，前后封面与版权页都已经脱落，父亲用牛皮纸重新装上封面。回忆书中的内容，其中一册应该是《古诗新画》，另一册是《民间相》。对于丰子恺的画，我们的喜好不同，大姐说《人造摇线机》最好看，画中的女人五官不全，只有嘴咬着线，脚勾着线，手捻着线，构图惟妙惟肖，妙笔难再。还有《Kiss》，画中一老一少，一大一小，两个圆圆的脸庞相交，寥寥数笔，极有意境。大哥说《田翁烂醉身如舞，两个儿童扶上船》最好看，大姐说丑死了，那东倒西歪的醉态，怎么还敢说"身如舞"呢？

我喜欢丰子恺的漫画，尤其喜爱他的诗配画。我至今能背诵的许多诗句，都是从那里学到的，像《红了樱桃，绿了芭蕉》《月上柳梢头》等，一生不忘。后来在海豚出版社工作，我创意出版《丰子恺诗画 许渊冲英译》一书，正是童年时读那两本《子恺漫画》，留驻在我心底的那一段深深的情感使然。因此出版此书，也有怀念我早年的读书生活，向丰子恺先生致敬之意。

书装

丰子恺的艺术生活，还有一个巨大的领域，那就是为许多书刊设计封面与插图。这项工作起于 1924 年 4 月，他为孙俍工的著作《海的渴慕者》设计封面，由上海民智书局出版，这是他做的第一个封面设计。此后如 1924 年 11 月，他为叶圣陶、俞平伯合著《剑鞘》绘制封面，北京霜枫社出版；又为朱自清散文集《踪迹》设计封面，上海亚东图书馆出版。1925 年，他为《立达》设计封面，并发表六幅漫画；为俞平伯《忆》配插图，北京朴社出版。1926 年，为夏丏尊译著《爱的教育》设计封面和插图，开明书店出版；为焦菊隐《夜哭》画插图，北新书局出版；出任开明书局《一般》杂志装帧设计。1927 年，为夏丏尊译著《绵被》设计封面，开明书局出版；为赵景深《童话概要》《童话论集》设计封面；为孙百刚译著《出家及其弟子》设计封面。1928 年，徐调孚译《木偶奇遇记》出版，为之设计封面；罗黑芷著《醉里》由上海商务印书馆出版，为之设计封面；谢颂

羔译罗斯金所著童话集《金河王》出版，为之
装帧设计，并配图十八幅；朱自清散文集《背
影》出版，配图一幅。1929年，林憾《影儿》
由上海北新书局出版，为之绘制封面；谢冰莹
《从军日记》由上海春潮书店出版，为之设计封
面；徐学文编《给小朋友们的信》和王统照著
《黄昏》出版，为之设计封面；谢六逸译《近代
日本小品文选》由上海大江书铺出版，为之设
计封面；王文川著《江户流浪曲》由上海开明
书店出版，为之设计封面；为《浮图》月刊作
封面画并题刊名。1930年，开明书店创办《中
学生》杂志，任艺术编辑，此后为杂志设计封
面、撰文；夏丏尊译《续爱的教育》出版，为
之设计封面；卢冀野著作《春雨》《绿帘》由
上海开明书店出版，为之设计封面；俞平伯著
《燕知草》出版，为之配图一幅；张孟休《黄
昏》由上海东华书屋出版，为之设计封面；舒

新城《美术照相习作集》，由上海中华书局出版，为之设计封面；姜丹书《艺用解剖学》由上海商务印书馆出版，为之设计封面；巴金译高尔基《草原故事》出版，为之设计封面；顾均正译述印度童话故事集《公平的裁判》出版，为之配图六幅。1931 年，叶绍钧《古代英雄的石像》出版，为之配图二十幅。1932 年，叶圣陶《稻草人》出版，为之绘制封面；宏徒《文坛逸话》由商务印书馆出版，为之绘制封面。

1933 年 1 月，胡愈之主编《东方杂志》，封面由丰子恺设计，题曰《新年的梦想》：一个赤膊少年坐在水盆边，用肥皂和来苏儿清洗盆中的一个地球仪。文中列入一百四十二位献梦者，诸如柳亚子、郁达夫、茅盾、巴金、杨杏佛、徐悲鸿、郑振铎、叶圣陶、周作人、周谷城、夏丏尊、楼适夷等，丰子恺也在其中，他的梦想，依然通过几幅漫画来表达：《黄包车夫的梦》，车夫长着四条腿、四只脚；《投稿者的梦》，作家长着三张脸、六只手；《建筑家之梦》，楼房像树木一样长着根须，可以长高、长大；《教师之梦》，各科知识都被制成针剂，由老师给学生注射……

教材

在丰子恺的书装设计中，最为重要的一项工作是教科书的设计与编写。

首先他设计过的教科书封面有很多，比如：《开明英文读本》（三册）、《开明国语课本》（小学初级八册，高级四册）、《开明幼童课本》（四册）、《新时代常识教科书》、《开明活页文选总目》、《幼稚园读本》、《中等学校音乐教本》、《民国学校教师手册》、《幼童唱游》和《开明图画讲义》等，这里的许多课本都是套书，少则几本，多则十几本。当然，如果将一些课外读物或曰准课本统计出来，比如《音乐的常识》《艺用解剖学》《儿童模范书信》《中学生》《儿童教育》等，那丰子恺绘制教育类图书的封面就更多了。

其次是丰子恺的整体装帧设计，有些教科书，丰子恺不但为之设计封面，还将内文的版式和插图等一并设计出来。相对而言，丰子恺的这一部分设计内容更丰富，更有艺术价值和教育意义。经过整理发现，丰子恺曾经为六套教科书做过整体装帧设计：

一是《开明英文读本》三册，林语堂编著，丰子恺绘图，开明书店1928年初版。这套书共三册，是民国时期极为畅销的一套英文教材，1928年初版上市，畅销二十几年，与《开明活页文选》和《开明算学教本》并称"开明三大教材"。

二是《开明国语课本》小学初级八册，高级四册，叶绍钧（叶圣陶）编撰，丰子恺绘图，开明书店1934年初版。这套书极有名气，上面谈到，直到现在还在出版。它之所以能够成为一套"教科书经典"，一方面是因为叶圣陶的文字，另一方面是因为丰子恺的插画，两者交相辉映，相得益彰，而后者的特色感又显得尤为重要。这套书出版之初，书上说明中即写道："本书图画与文字为有机的配合；图画不单是文字的说明，且可拓展儿童的想象，涵养儿童的美感。"当时这套书被称为开明书店的"吃饭书"之一，即为出版社挣了大钱。

三是《幼童国语读本》四册，叶圣陶编纂，丰子恺绘图，开明书店出版。这套书也是开明书店教科书中的一套，实际上与上述《开明国语课本》小学初级八册中的前四册相同。

四是《普益国语课本》八册，叶绍钧编纂，

丰子恺绘图，成都普益图书公司 1943 年出版。
这套课本的风格，与开明书店教科书大同小异，
但故事更连续，内容更丰富。许多故事都由几
页文字和几幅插图构成，很像今天的连环画，
既有故事画，又有问题解答，许多册画面，也
是图中文字。

五是《初中英语教本》，王国华编著，丰子
恺绘图，开明书店 1941 年 2 月初版。未见资料。

六是《中学英语教科书》，王维贤编著，丰
子恺绘图，万叶书店 1947 年至 1949 年出校样，
未出版。

文章

与丰子恺的漫画呼应，他的文才之高，也
一直为世人称道，并且留下的文字数量非常多。
追寻他早期的文字踪迹：1914 年，《少年杂志》

刊载他的四篇寓言体短文,这是他最早发表的文章。1919年,他在浙江第一师范学校的校刊上,发表译文《素描》,还有美术理论文章《图画教授谈》,这是迄今为止,我们见到的丰子恺最早发表的译文及理论文章。1925年,他的第一本翻译著作《苦闷的象征》,在商务印书馆出版。1931年,他的第一部散文集《缘缘堂随笔》,在开明书店出版。……

我们喜欢丰子恺的文章,首先是他的文字风格,那一代文化大师如叶圣陶、吕叔湘、胡适、鲁迅、周作人……正是他们的文章,构建出今天白话文的规矩与楷模,而丰子恺其人,也是其中的一位重要人物。如今我们的中小学课本和学生推荐阅读中,选入了许多丰子恺的文章,如《白鹅》《手指》《黄山松》《给我的孩子们》等,还有推荐阅读丰子恺的《缘缘堂随笔》等著作,以及专门为孩子们选编的《丰子恺儿童文学全集》《丰子恺读本》。这些文章，无论是在作者的文字表达方式上，还是在作者的写作技巧上，以及在作者的思想性上，都有很多独到之处。正如《丰子恺全集》总主编陈星所言："丰先生太可爱了，他作品的童心，对世间万物的关爱、同情，他希望不要带太多功利心去看待艺术，要纯真地表达，真心地流露。……丰子恺的随笔，善于选取自己熟悉的生活题材，取其片断，以自己的所感，用最朴质的文字坦率地表达出来。在朴质细微乃至接近白描的文字中，倾注了一股真挚而又深沉的情感，同时又不乏哲理性的文句，很容易打动读者的心灵并引起共鸣。"

当然，丰子恺是现当代中国最杰出的知识分子之一。或者说，作为一介书生，他的身上延续着中国文人的许多优秀传统。他的朋友圈中有李叔同、夏丏尊、马一浮、朱自清……对于这样一些精英人物，一般我们称他们为作家、画家、音乐家、教育家……但传统文人的称谓又有不同，他们甚至不是职业性的学者，也不为现代意义上的学科或专业所羁绊。在人间，他们貌似无所归属的人，但他们的思想和意志，向我们展示着一种独立人格的活法。他们既是古今文化冲突的产物，又是中外文明交融的精灵，无论出世或入世，沉潜或漂浮，他们都会在时代的潮流之中，塑造出一个中国文人的精神世界。

诗词

由此我又想到丰子恺的诗词，进而想到丰子恺的师承，想到李叔同——那位云水高僧弘一法师。

在丰子恺笔下，好诗词不少。我最喜欢的

是《辞缘缘堂二首》，其一曰："秀水明山入画图，兰堂芝阁尽虚无。十年一觉杭州梦，剩有冰心在玉壶。"其二曰："江南春尽日西斜，血雨腥风卷落花。我有馨香携满袖，将求麟凤向天涯。"但说到情调，说到李叔同的内传弟子，还要数丰子恺的诗词如《满宫花》《朝中措》等，它们表现出的师徒传承，最为确切。《朝中措》词云："一湾碧水小窗前，景色似当年。旧种庭前桃李，春来齐斗芳妍。如今犹忆，儿时旧学，风雨残编。往事莫须重间，年华一去悠然。"

由此引发，我赞美丰子恺诗情画意，感叹他在李叔同那里，不知采得多少玲珑秀气。据言李叔同早年，恋慕伶人杨翠喜，曾为之填词《菩萨蛮》二首，其一曰："燕支山上花如雪，燕支山下人如月；额发翠云铺，眉弯淡欲无。夕阳微雨后，叶底秋痕瘦；生小怕言愁，言愁不耐羞。"那一番文辞表达，足以让人几番陶醉。

当然，李叔同最好的诗句，还是那首《送别》，当今歌手朴树演唱时，也会泪流满面，喟然叹道："一生能写出这样的歌词，死而无憾。"

其实，我更喜欢李叔同的那首歌词《春游》，其曰："春风吹面薄于纱，春人装束淡于画。游春人在画中行，万花飞舞春人下。"整篇文字，词句如此干净，用情如此清新，表述如此达意，当世之人，真的无人能及。由此追想他"此前雪月风花，此后一副袈裟"的人生境况，竟然将人世变化，比照得如此强烈。难怪丰子恺评价李叔同出家，说他把人的生活分为三个层次：一是物质生活；二是精神生活；三是灵魂生活。丰子恺说，弘一法师在一、二层做到极致，最终爬上三层去了，做和尚、修净土、研戒律，这是当然的事……

护生

在丰子恺的著作中，最令我震撼的著作，是他的六册《护生画集》。那是在弘一法师五十岁时，丰子恺画了五十幅劝人爱惜生灵的画作，汇成《护生画集》初集。弘一法师六十岁时，丰子恺又画了六十幅画作，汇成《续护生画集》。为此，弘一法师给丰子恺写信言道："朽人七十岁时，请仁者作护生画第三集，共七十幅；八十岁时，作第四集，共八十幅，九十岁时，作第五集，共九十幅，百岁时，作第六集，共百幅。护生画集功德于此圆满。"丰子恺给弘一法师回信说："世寿所许，定当遵嘱。"

后来世事沉浮，丰子恺备受蹂躏，但他依然践行诺言，年复一年，坚持将一本本护生画集绘制好。1960年，当他画完《护生画集》第四集时，曾经给广洽法师写信说："弟迩来常夜梦，无数禽兽前来伸谢，亦玄妙也。"直到1973年完成最后一集，丰子恺自觉事已圆满，两年后去世。

从一本本《护生画集》中，我们可以看到师徒二人心心相通。比如弘一法师爱惜蚂蚁，他在去世之前还叮嘱身边的人，在他身体停龛时，要用四只小碗填龛四脚，再盛满水，以免蚂蚁爬上来，免得在火化时损伤蚂蚁。读《护生画集》，其中有多篇爱惜蚂蚁的诗画，如《运粮》："蚂蚁运粮，群策群力。陟彼高冈，攀彼绝壁。屡仆屡起，志在必克。区区小虫，具此美德。"再如《盥漱避虫蚁》："盥漱避虫蚁，亦是护生命。充此仁爱心，可以为贤圣。"还有《蚂蚁搬家》："墙根有群蚁，乔迁向南冈。元首为向导，民众扛粮粮。浩荡复迤逦，横断路中央。我为取小凳，临时筑长廊。大队廊下过，不怕飞来殃。"他们师徒二人，为何怀有如此仁爱之心呢？对此，丰子恺解释得很清楚："我曾作《护生画集》，劝人戒杀。但我的护生之旨是护心，不杀蚂蚁非为爱惜蚂蚁之命，乃为爱护自己的心，使勿养成残忍。顽童无端一脚踏死群蚁，此心放大起来，就可以坐了飞机拿炸弹来轰炸市区。故残忍心不可不戒。因为所惜非动物本身，故用'仁术'来掩耳盗铃，是无伤的。"

说到底，这正是丰子恺对于生命的态度。其实在那一段历史过程中，丰子恺的创作也曾经受到一些人的非议。比如二十世纪三十年代，正值抗日救亡之际，曹聚仁针对《护生画集》，就在一篇文章中说："慈悲这一种观念，对敌人是不应该留存着了。"同样是在那个时代，丰子恺也曾经绘出一些"抗战画"，表现战争的残酷。像《小主人的腿》《轰炸》那样一些鲜血淋漓的作品，旨在唤醒同胞，站起来拯救民族的危亡。但对于丰子恺的画风，《故人书简》中记载，叶圣陶在信件中写道："子恺笔下甚闲适，于此似不甚相称。"再有一封信写道："昨曾寄与（子恺）一长信，讨论作新歌曲，并劝其改变漫画之笔调，使形式与内容一致（彼虽画一起赳武夫，仍令人觉得是山水人物，此殊非宜也）。"黄裳评论说："这真是老朋友之间的诚恳劝勉。记得抗战中在重庆看丰子恺抗战画展，即深有此感。"

全集

那是在 2010 年，我刚到中国外文局海豚出版社工作不久。在一次讨论选题时，有人提起丰子恺的名字，说到丰先生作为中国近百年来，写作最为丰富、影响力最大的作家之一，他的许多著作和全集还未能出版，故而勾起我们出版丰子恺著作的愿望。那天恰好陈子善先生在座，他说："我跟丰子恺的后人很熟，如果你们想做《丰子恺全集》，我可以帮助你们联系。"不久经由陈先生引见，我们去上海拜见了丰子恺的小女儿丰一吟先生。得到她的同意后，我们开始启动丰子恺著作的出版工作。

说实话，当时丰子恺并不大受社会关注，即使我们不久在海豚出版社推出《丰子恺儿童漫画选》（十卷），还是经常会听到有人质疑：丰子恺的漫画和文章过时了吧？还会有人看吗？我们拟编《丰子恺全集》，申报国家出版基金项目，第一次也没能通过。但是那套不被看好的"漫画选"，却突然引起出版界的注意。先是在那一年的北京图书订货会上，有多家海外的出版社提出要购买版权，有一家还当即交给我们一千美元的定金。接着，国内的销售商也不断添数加印，在短短的几年内，这套书竟然多次再版，成为长销书。不久丰家人告诉我们，有政府宣传部门找到他们，希望他们能同意官方使用丰子恺的漫画，作为国家文化宣传的图画形象。随后，我们在一些城市的宣传墙壁上，看到大量以丰子恺漫画为背景的招贴画。再后来，《丰子恺全集》被补充列入国家"十二五"规划，再经过我们重新申报，成功列入国家出版基金项目。

这是一个起起伏伏的过程，我貌似轻松地一笔带过，其实有许多背景故事蕴含其中。比如，为什么《丰子恺全集》第一次申报国家出版基金未能通过？首先是那时的海豚社规模太小，二十几个人的队伍，没有资金，没有资深的编辑队伍，没有做大项目的经验。其次是全集所需费用极多，初步预算要五百多万元资金投入，而海豚社所有资金加起来，也不足五百万元。另外有国家出版基金评委说，不是已经有《丰子恺漫画全集》出版了吗，还有再做全集的必要吗？

实言之，我从事出版工作几十年，始终有出版名家全集的志向。此前我曾经主持出版过《吕叔湘全集》《顾毓琇全集》《李俨钱宝琮科学史全集》《傅雷全集》《许渊冲文集》等大规模的著作。回想起来，其中最难做的是《顾毓琇全集》，顾先生的学问横跨文理两界，多栖于政治、文化、艺术与学术诸多领域，编撰他的全集时，我们约请了科学院、社会科学院等两个方面的专家。还有《许渊冲文集》，原来也是想做全集的，但整理起来，我们发现许先生著作太多，单是中外互译部分整理出来，就已经有近三十卷的篇幅了，只好先做译文部分，称之为文集。

所以做《丰子恺全集》，即使有那么多困难，我还是死不回头，信心满满。但后来证明，与此前我的工作比较，《丰子恺全集》的难度更高，规模更大，而且涉猎门类繁多，不断有新的发现。在人力与资金极度困难的情况下，我们能够最终完成全书，实在要感谢上苍的眷顾，感谢众方的支持。

百部

在出版《丰子恺全集》的过程中，还有一件十分难忘的事情，那就是我们还出版了大批丰子恺著作的单行本。我记得，经常有人会问："你们海豚社这样出版丰子恺的著作，各个门类近乎一网打尽，到底是要干什么？"我说不干什么，这只是《丰子恺全集》出版的前奏。其实我们最初有几个想法在起作用：一是所谓"以书养书"，即出版丰子恺销售好的书，解决资金周转；二是整理丰子恺未出版的文字，及时出版；三是扩大丰子恺的影响，让更多的读者了解丰子恺。

有趣的是，我们对于他的著作了解越多，热情就越高，整理和出版的干劲就越大，大到几乎不像是在从事一项商业活动，而是在从事一项充满学术与公益精神的文化活动。

这里有一位非常重要的人物，那就是梅杰（眉睫）。他2011年来到北京，做海豚社文学馆总监，那时只有二十七岁。梅杰一直主持丰子恺出版工作，提出许多好的建议。2014年的一天，梅杰告诉我：“到目前为止，我们已经出版丰子恺的书一百多种，在全国图书馆的丰子恺书目中，占有极大的比重。”梅杰还给我开列一个长长的书目，都是海豚出版的丰子恺著作：

《丰子恺儿童漫画选》（十册）；《丰子恺儿童文学全集》（七卷本），包括《给我的孩子们》《华瞻的日记》《中学生小品》《少年音乐故事》《少年美术故事》《博士见鬼》《小钞票历险记》；"经典怀旧"丛书，包括《文明国》《忆儿时》；《丰子恺漫画选绎》；《丰子恺诗画 许渊冲英译》；《丰子恺儿童文学全集》（三卷本），包括童话卷、儿童故事卷、儿童散文卷；《格林姆童话全集》（全十册）；"缘缘堂书丛"（十六册），包括《子恺自传》《子恺随笔（上）》《子恺随笔（中）》《子恺随笔（下）》《子恺品佛》《子恺游记》《子恺童话》《子恺故事》《子恺书信（上）》《子恺书信（中）》《子恺书信（下）》《子恺诗词》《子恺日记》《子恺书话》《子恺谈艺（上）》《子恺谈艺（下）》；"影印版丰子恺漫画集"（三十二册），包括《护生画集》（初集），以及《子恺漫画》《子恺画集》《学生漫画》《儿童漫画》《儿童生活漫画》《云霓》《人间相》《都会之音》《大树画册》《续护生画集》《子恺近作漫画集》《客窗漫画》《画中有诗》《人生漫画》《儿童新画册》《学生新画册》《古诗新画》

《儿童相》《学生相》《民间相》《都市相》《战时相》《毛笔画册》《又生画集》《劫余漫画》《幼幼画集》《丰子恺画存》《护生画三集》《护生画四集》《护生画集第五集》《护生画集第六集》；"丰子恺散文精品集"（全八册），包括《缘缘堂随笔》《随笔二十篇》《车厢社会》《缘缘堂再笔》《缘缘堂续笔》《缘缘堂新笔》《缘缘堂集外佚文（上）》《缘缘堂集外佚文（下）》；《最新版丰子恺儿童文学全集》（增补版，全七册）；《典藏精装版丰子恺儿童文学全集》（增补版，全三册）。

需要说明，首先上面梅杰列出的这个书目，只是截至 2014 年的书目，后来还有一些丰子恺的书在陆续出版。其次这里的许多书，都是首次整理出版，比如在编辑《丰子恺全集》时，得到许多新的研究成果，我们出版了单行本如《子恺书话》《子恺日记》《子恺书信》，还有《缘缘堂集外佚文》（上、下）以及《艺术教育

（未刊稿）》和《丰子恺品佛》等。另外这里面有许多版本很珍贵，比如影印出版的三十二册丰子恺漫画集，以往很难见到，找全书目都很难。这些书上市后很快脱销，目前在市场上被炒得很贵。

专家

2016年底，我们终于完成了《丰子恺全集》五十卷的出版工作，为此付出辛劳的编委会名单有：丰一吟、陈子善出任总顾问，陈星出任主编，分卷主编有陈建军（文学卷），吴浩然（美术卷），刘晨（艺术理论艺术杂著卷），杨子耘、杨朝婴（书信卷），还有宋雪君、叶瑜荪、朱显因、瞿红等。2017年4月，《嘉兴日报》的一篇长篇采访写得极好，尤其是其中对总主编、分卷主编的采访，很值得记忆。摘录如下：

其一，总主编陈星说，其实此前，已经由许多研究者做了大量的工作，比如他本人，从1997年起步研究丰子恺，被称为"丰子恺研究的第二代领军人物"。还有香港卢玮銮（明川），她曾经许下三个愿望，要编《丰子恺全集》、写《丰子恺评传》、编《丰子恺年谱》，但她这三个心愿都没能完成，突然宣布不研究丰子恺了。为什么？明川告诉陈星，随着她对丰子恺研究的深入，她不忍心拿着一把解剖刀一层一层地去解剖丰子恺。所以说，这一次完成全集的出版工作，其中凝聚着几代人的夙愿。陈星说全集还会有一些遗漏，"在我们几次开编辑会议的时候，大家都提出了这个问题，还不断地发现丰子恺的东西。我们只能说，《丰子恺全集》是迄今为止收录丰子恺作品最全的全集。今后发现有遗漏，大家都留心存着，在适当的时候出一本补遗卷。我的想法是可能在三年到五年之间出一本"。

其二，文学卷主编陈建军说，丰子恺取得的艺术成就、文学成就，跟当前对他的研究是不对等的。当前的研究大多专注于丰子恺的生平事迹、漫画、书信、日记等，真正深入研究其文学成就的不多，专著到目前为止还没有，而全面系统研究丰子恺的人更是寥寥无几。"一个作家为什么没有引起读者、学界的注意，一个很重要的原因就是他本身的著述没有被很系统地整理出版。相信这一次全集的出版，会推动丰子恺的研究走向全面深入。"在陈建军看来，这也是此次全集出版比较重大的意义。

其三，美术卷主编吴浩然谈到两个要点，一是"子恺漫画"曾风行一时，模仿者、冒名者不计其数。当前私人收藏的丰子恺的画，吴浩然基本都已掌握，但这些画是真是假不便确认，目前尚未有专业的权威的鉴定机构可以鉴定。尤其是拍卖会上出现过的一些作品，一不小心就会栽跟头。二是这次出版《丰子恺全集》，子恺漫画是重头戏。在五十卷巨著中，艺术卷就占据了二十九卷。对于丰子恺漫画的收录范围，经过多次讨论，编委会决定仅限丰子恺生前发表、编订过的作品，私人收藏和亲属收藏作品并不收入。总主编陈星解释，这样做是为了避免扰乱绘画市场，引起人事纷争。即使这样，全集还是共收入丰子恺漫画六千余幅，与此前出版的漫画全集比较，在数量上多了近一倍。"这些资料我一直都在整理，并不是说要做全集我才开始做。倒是后来要出版的时候又拖了很久，因为所有画的颜色我都去看过，设计公司在北京，印刷厂在东莞，我去待了好几天。"吴浩然直言，出一套全集很难，丰先生涉及的领域又异常宽广，尤其是美术卷，排版、颜色、格式、体例都需要仔细推敲与协商。

其四，艺术理论艺术杂著卷主编刘晨说，《丰子恺全集》艺术理论艺术杂著卷共十二卷，大概二百五十万字，占全集文字总量的百分之六十左右，分为美术、音乐和艺术教育三部分，共收录丰子恺二十七部著作，一百八十八篇集外文。除此之外，还收录了由丰子恺之女丰一吟提供的未刊油印本二册三种，主要是丰子恺1939年4月至6月，在广西宜山浙江大学所讲授的"艺术教育"和"艺术欣赏"的讲义。编写的宗旨是最大限度地尊重原貌，保留其文献价值。"过去，我看得最多的是丰子恺的文学作品，没想到他的艺术理论和艺术杂著作品这么多。"刘晨自2008年加入弘丰中心，对于丰子恺的研究也做过一些工作，但没有本次这么全面。

其五，《丰子恺全集》书信日记卷共两卷，由丰子恺外孙杨子耘和外孙女杨朝婴编辑。他们谈道，这次编《丰子恺全集》书信日记卷，是以《丰子恺文集》为基础，再广收佚文，详加注释，仔细校对。书信日记卷的书信部分，共收录丰子恺致家人的书信一百九十五通（新收集到二十六通），致广洽法师书信二百通，致友人书信三百四十五通（新收集到三十通），总计七百四十通（共新增五十六通）。本卷所收书信始于1928年，止于1975年，历时近半个世纪。新增的书信主要是陈建军发现并提供的，还有从全国各地搜集到的。杨朝婴说，书信日记卷快编辑完成的时候，她杭州的表弟媳发现，在杭州市图书馆中，收藏有一封丰子恺致弘一法师的信，她拜托表弟媳拍照并发给她。

丰子恺：一本令人惊奇的大书

2016 年 11 月，海豚出版社迎来一个重要时刻，那就是建社以来，最大的一套出版项目《丰子恺全集》五十卷出版了。印刷厂好像也在跟海豚人开玩笑，从月初开始，他们每天装订出几册样书，从深圳陆续寄来，本本精工细作、认真检查，历经半个月，总算全部"落座"在我的案头。

每天抚摸着这样一套大著，我的心中一直洋溢着那样的情绪：丰子恺先生名扬天下已久，但这是第一次将他的文章和画作收集到最全，第一次出版他的《全集》。为了今天的结果，许多学者与丰先生的亲朋好友同心协作，耗时六年，终成硕果，也是我编辑一生中最费力的工作之一。这一番出版工作，不是现成资料的整理，而是学术研究，会有许多新成果奉献出来。比如漫画，此次收六千余幅，汇成二十九卷，成为全集的一大亮点。

此时，我恰好六十岁。记得 2009 年我来到海豚出版社，不久列选《丰子恺全集》，当时我就说，做完这个大项目，我就退休了。现在终于大功告成，那一段艰难历程，又浮现在眼前。

一

2010 年 6 月 8 日，我们与陈子善先生在京小聚。我们提出想出版丰子恺的书，我还谈到小时候对《子恺漫画》的喜爱，是否可以做《丰子恺全集》呢？子善说，他与丰家后人很熟，可以帮我们询问一下。6 月 29 日，子善回话，说丰一吟先生愿意与我们见面，探讨《丰子恺全集》出版的事情。7月6日，我与李忠孝去上海，在子善陪同下来到丰一吟家。经过交流，丰先生说，《丰子恺译文集》已经交给浙江大学出版社，其他内容可以考虑汇成全集，在海豚出版社出版。今日回想，当时谈得顺利，主要出于三个原因：一是子善先生的引荐；二是中国外文局的影响，丰先生说二十世纪五十年代，外文局就翻译出版过英文版《丰子恺儿童漫画选》；三是丰家的家风极好，每一位丰家人都彬彬有礼，给我留下深刻印象。当然那时丰子恺的书不是太热，我们提出，要让更多的老人想起丰子恺，让更多的新人知道丰子恺，让未来记住丰子恺。

2010年11月19日，我与李忠孝再去上海谈《丰子恺全集》合同。此时我们正在将此项目申报国家出版基金，成本预算为五百万元。

经过一关又一关的审定，就要到最后公布了，我信心满满，志在必得。但是正当我告诉李忠孝，通知丰家在合同上签字时，消息传来，申报落选了。大概原因有两条：一是海豚社太小，项目太大；二是有评委记得，《丰子恺全集》已出过——那当然是记错了，已出的是《丰子恺漫画全集》。

我们预算过，《丰子恺全集》做下来需要五百万元投入资金，而那时海豚全社资金只有五百万元。怎么办？我在电脑前呆坐半个晚上，最后给李忠孝打电话说："还是签吧！但要做两件事情：一是继续申报国家基金；二是向丰家要丰子恺著作单行本的独家授权，我们先出单本书，采取以书养书的策略。"最初李忠孝组织出版《丰子恺儿童漫画集》十册，还受到许多人嘲笑，称这是"老掉牙的东西"，没想到几年之内多次再版，累计印数达到十万多册。

二

2011 年 2 月 10 日，梅杰来海豚工作，那时他才二十七岁。我请他组建文学编辑室，有三个任务请他接手：一是出版"经典怀旧"系列图书；二是出版各种版本的"丰子恺作品"；三是出版《丰子恺全集》。梅杰确实有能力，第一个项目做了二十几本书，都很精彩；第二个项目做了一百多本书，其中"丰子恺儿童文学全集"多次加印，成为国家新闻出版总署向青少年推荐的优秀童书；"丰子恺散文精品集"销得更好，其中多本列入"中小学必备书目"。

最重要的工作是出版《丰子恺全集》。我觉得梅杰配合李忠孝，有一件事情贡献极大，那就是组建编委会，请丰一吟、陈子善出任总顾问，陈星出任主编。

陈星先生是丰子恺研究专家，做事认真坦

率。我记得第一次开编委会，他当我面就说：没听说过海豚社，你们能行吗？还好有子善、顾军、傅杰诸位解释。但开始工作后，陈先生表现出极强的把控能力，几次与李忠孝、梅杰等开会，落实书稿。吴浩然先生，他对丰子恺漫画太熟悉了，人又好，本身又是画家。还有陈建军先生加盟，以及丰家人的鼎力合作，才使这样一部大书最终完成。尤其是海豚社资金匮乏，我们时有拖欠版税的情况，一直得到丰家的理解。这些都是完成这项出版工程的基础。

三

再回到资金问题。2010年申报国家基金失败后，我们总结经验，改进报告，先将这个项目补报"十二五"规划，获得成功，然后再次申报国家出版基金，2015年获得成功，得到八十万元资金资助。此后中国外文局支持重点项目，投入资金支持。再有 2016 年，海豚出版社股份制改造，得到工信部出版集团百分之三十四增资扩股，此时海豚社资产也由七年前的不足五百万元，增长到九千多万元。

有了这样的基础，我们选用最好的设计，最好的材料，最好的工厂，终于完成《丰子恺全集》的出版工作。

及此，我们意犹未尽，又制作了《丰子恺全集》特装本：派人去丰子恺的家乡，找寻丰家老品牌染坊"丰同裕"，定制印花布做封面；去四川当年张大千曾制作宣纸的地方，定制宣纸护封，印上"丰"字水印；我们还为特装本定制书架，上面刻有丰一吟先生题字和杭州的菊花。我们这样做，无非是想让这样一部独特的文化经典，百年留情，故影常在。

叶君健：访叶家小院

　　2018 年 7 月 31 日，北京热极了。上午十时，我与张冠生先生约定，在平安大街后海处见面，一同去拜访叶君健的公子叶念仑先生。我赶到会面处时，冠生兄已经提前到达，这也是他一贯的风格，为人做事，温和敦厚，言信行果。那条大街两侧的树木断断续续，冠生兄站在烈日下，汗水顺着面颊流下，让我内心好生歉疚。

　　去叶家还有几分钟的行程，需要离开平安大道，转入一条窄小的胡同，再走上一段路就到了。胡同路面干净，两侧青灰色的院墙相连，相隔一段距离，就会见到一个暗红色的小漆门，小门的右上角嵌着门牌。此时，我们恍若穿越时空，从大都市的繁华中走出，瞬间潜入旧日京城的寂静与平和。

冠生兄边走边说，许多年前因为工作关系与念仑先生相识，彼此交流甚恰，清淡如水。前些年《叶君健全集》在清华大学出版社出版，首发式就在叶家的这个小院中举行。念仑先生请冠生兄参加，因此他对叶家有了更多的了解，越发增添了对叶君健先生的崇敬。比如叶老家中存放的一套叶译《安徒生童话》，平明出版社出版于二十世纪五十年代初，每本书页上都有叶老修改的字迹，这是为再版做的修订。叶老还存有许多外国的童话经典著作，当时准备陆续翻译出来，后来一忙，就放下了。这一放，就是一生一世。如今书还在，人已去，但时光的尘埃，丝毫掩盖不了一代文豪的才情……

进入叶家，叶念仑先生高高的个子，举止

谈吐很有世家遗风。步入客厅，他说这是当年父亲读书的地方，一切略有些老旧，但依然可见往昔的底蕴与生机。一面墙的书架上摆满了旧日的记忆，一排排西式装帧书，尤其是那些童话经典的斑驳色彩，更显得与众不同。

念仑先生知道我此前在中国外文局工作，他说"那你是老家来的人了"。原来七十年前，叶老就职于中国外文局，他在那里创办了《中国文学》期刊，出任总编辑。我说外文局展览室中有叶老的介绍，还有塑像。念仑先生说，那些年父亲的工作关系一直在外文局，在那里开工资养家，所以我们是家里人。那时父亲在外文局的同事们，经常会来叶家小院做客，还有外国朋友，在一起喝茶谈笑，那情景让他记忆犹新。念仑先生还说，外文局的地址"百万庄大街二十四号"，多么难忘啊！他的夫人是作家曲波的女儿，他们家也住在百万庄大街，他们正是在那里相识的。

说到"百万庄大街二十四号"，我也有一段难忘的记忆。2009年7月，我离开东北来中国外文局海豚出版社工作。后来从那个地址给父亲邮寄过茶叶、书籍，那时父亲已经九十七岁了。前不久哥哥回忆说，收到邮包时，父亲立即说："百万庄大街二十四号，我的许多好友都是这个地址，像搞世界语的老朋友陈世德就在那里工作，如今我的小儿子也去了那里，真巧啊。"

一上午，我们谈叶老翻译的《安徒生童话全集》，念仑先生拿出叶老修改的手记——一摞小书，每本书内的字里行间，都标注着密密麻麻的小字，人眼几乎看不清楚。念仑先生说，当年父亲的手稿和他改过的稿子，只有母亲能看懂，她会与出版社的编辑一同编校，一点点核对。他说父亲翻译安徒生童话，没有人会下那样的苦功夫，为此父亲专门学习丹麦文，翻译时还要对照英文、法文，出版之后不断修改，才有了今天的经典版本。丹麦女王曾授予叶君健"丹麦国旗勋章"，他是全世界《安徒生童话》众多译者中唯一获此殊荣者，念仑先生还把那个勋章拿出来给我们看。我说希望按照丹麦初版的装帧，将叶译《安徒生童话全集》特装本做出来，附上英文版，作为圣诞礼物奉献给孩子。但用谁的英文翻译呢？念仑先生立即告诉我谁的英文翻译最好，那也是当年他父亲最肯定的英文版本，还有丹麦文版，哪一本是最经典的版本，我们可以选用他们的设计和插图。他找出各种版本，让我们参考。

我们还谈到叶老各种文本的《山村》等著作，谈到叶老的书信、手稿等资料整理，谈到叶老的儿童文学创作，谈到叶老早年在欧洲时，购买的那些经典童书，有许多语种，念仑先生一一翻开，一一解说。此时念仑先生有些感伤，他说自己已经六十几岁了，能为父亲的遗存做一点事情，这是他未来生活中最大的愿望。他说，能有这些热心与建议，能有这样的对文化抢救与整理的志向，让他深深感动："如今还有多少人会关心这些事情呢？"

走出叶家，晌午的骄阳更加炽热，冠生兄的汗水又流下来。此时我的眼前依然闪动着叶家小院的情景，那一面墙的书架和上面林林总总的存在，让我对叶先生的崇敬之情，又平添几分文化的责任。

陈翰伯：文化的先行者

　　近六十余年的中国出版史上，有一位重要人物值得记忆。他重要的标志，不但在政治上，也在文化上；不但在后三十年，也在前三十年。总之，他不但是一位政治的执行者，也是一位文化的先行者。他就是陈翰伯先生。

　　早在 1988 年 8 月 26 日，陈翰伯七十四岁的时候，就因病离开了我们。但直到今天，我们依然这样评价他、怀念他，因为他的故事，依然留驻在我们心中。

出色的报人

记得在二十世纪九十年代，书籍出版社曾经推出"中国出版论丛"，包括当代著名出版管理者和出版家的文集，每人一册。由于这些人经历不同，才学不同，所以著作面世，外观有薄有厚，内容有重有轻。但其中最薄的一册，竟然是《陈翰伯出版文集》（1996）。当时新闻出版署署长宋木文多次提出意见，他认为文集太单薄，有些重要文稿未收进，内容与陈翰伯的地位不相称。宋木文几次表示，深感愧疚，因为陈翰伯已经逝去多年，更因为陈翰伯是宋的老领导，宋深知他的才学与贡献。

二十世纪三十年代，陈翰伯就读于燕京大学。在校期间，他曾经与姚依林、黄华、黄敬等人一起，参与领导了"一二·九"学生运动。那时他们经常在美国记者埃德加·斯诺的客厅中聚会，讨论时势与未来。陈翰伯也因此与斯诺结下友情，他曾经陪同斯诺夫人到延安，拜见毛泽东、朱德，为他们做翻译。

1936年7月，陈翰伯从燕京大学毕业，11月即出任西安《西京民报》总编辑，那时他年仅二十二岁。1937年任西安《西北文化报》编辑；1939年专为成都《新民报》写社论；1942年任重庆《时事新报》编辑；1945年任重庆《新民晚报》副总编辑；1947年任上海《联合晚报》总编辑。十余年间，他作为一位"潜伏"的红色报人，用笔名王孝风、梅碧华等，写了许多好文章，名声很大。陈翰伯逝世后，与他并称"CC"的陈原，曾经在《记陈翰伯》中回忆他们的写作交往："陈翰伯的职业是编辑，我的职业也是编辑。他写作，我也学着写。新中国成立前他编《联合晚报》，我每天给写一段'天下纵横谈'；我编《读书与出版》，他每月给写一篇国际时事述评。金仲华和冯宾符的《世界知识》，在解放战争时期的上海，同时约我们两人为社外编辑，既看稿，又写稿。"

那么陈翰伯的这些文字哪去了？他回忆说，在三十五岁之前，作为报人他一直这样忙碌着，留下大量文字。他曾经把这些文稿剪贴成十几大本，在1948年11月，交给上海的一位熟人保存。但在上海解放前夕，那人怕祸及自身，竟然将这些文稿付之一炬。这也是他留下的文字极少的重要原因之一。

优秀的出版家

陈翰伯回忆人生轨迹时，说自己是"青春办报，皓首编书"。那是因为在1958年8月，他奉命出任商务印书馆总经理。那一年他四十四岁，此后在任八年，为恢复商务印书馆种种出版建制，为后来延续"百年商务"文化香火，可谓功勋卓著。如汪家熔在《忆商务印书馆的陈翰伯时期》所言："商务印书馆同仁对商务的历史有一个按主持人姓名为阶段的分期习惯。一般说一位主持人主持时间稍长，同仁就这样称呼。如夏瑞芳时期、张元济时期、王云五时期。沿袭下来，人们把陈翰伯主持商务工作的时候，称之为陈翰伯时期。从 1958 年商务恢复独立建制起到'文化大革命'开始。"

"陈翰伯时期"是一个极高的评价，也是一个真实的评价。对此，汪家熔的文章详细罗列出那个年代，商务印书馆出版的重点图书项目，比如：其一，外国哲学、社会科学经典，包括名著三百九十五种；其二，经济学著作，蓝皮书四十六种，庸俗经济学和现代各流派六十六种，马尔萨斯著作就有十三种；其三，政治学著作，不算大量提供给中央理论小组的，就有九十三种；其四，历史和历史学有六十六种，除重译鲁滨逊《新史学》外，其余均作为史料价值存在的西方古代历史著作；其五，工具书，包括修订《辞源》，编写《现代汉语词典》《新华字典》和《俄汉大辞典》等。此外还有英、法、德、日、西、阿拉伯、越南、印尼等外语都有词典和语法、读物。正是这些图书的出版，托起了陈翰伯作为出版家的历史地位。张诿在《北京商务印书馆的奠基人——陈翰伯》一文中，也谈到陈翰伯在商务印书馆的三大贡献，即制定中长期出版规划、出版一批高品质图书和建设一支高水平的编辑和著译者队伍。直到二十世纪八十年代，商务印书馆结集出版"汉译世界学术名著丛书"，以及《现代汉语词典》等，均受益于陈翰伯时期的工作。

陈翰伯在商务印书馆的工作期间，还有一点高明之处。那时商务的处境极其恶劣，经历太平洋战争和内战蹂躏，还有二十世纪五十年代初公私合营改造，老牌的上海商务印书馆，名实均已不在。但是，陈翰伯接手这样一个老品牌，依然懂得文化传承的力量。他上任后首先跑到上海，找寻老商务留下的资料，珍视它的文化遗产，珍视它在读者心目中的残存分量，珍视前辈的心血积淀。奇异的是，陈翰伯的这一份苦心，竟然在他的一份检讨书中，清晰地表达出来："我是复活旧商务的罪人，……我1959年在上海办事处查了很多材料，这些材料以后都运到北京，我想把商务的历史作为研究项目，我请胡愈之等人做了馆史的报告，后来就设立了馆史研究室，举办展览会，和六十五周年的纪念。与此同时，我在报纸上发表了很多消息，到1962年，在我的招魂纸下，旧商务这具僵尸，已经可以在光天化日之下散发臭气，毒害人性。……"这样的文字，读来让人心酸。

据贾俊学文章记载，陈翰伯还有一百一十三篇类似文章散落民间。也因为他去世得早，未及整编面世，这是他留下文字极少的另一个原因。

文化的先行者

说到先行者，应该是一个时代的启蒙者与引路人。陈翰伯身处这样的时代，他做了许多开拓性的工作，为这个历史时期的文化建设贡献非凡。略举两例：

其一，为国家开列辞书建设的书单。那是在 1972 年，周恩来亲批，将陈翰伯、陈原从干校调回北京。1975 年，他们着手制定"中外文辞书出版十年编辑规划"。这是一个不得了的工程，因为当时世界上只有两部汉语大词典，一是日本的《大汉和词典》，一是台湾地区的《中文大词典》，我们却仅有一本《新华字典》。这种"大国小词典"的局面，实在让人脸上无光。这个规划拟定，在十年内出版中外语文词典一百六十部，其中中文三十一部，外国语八十一部，小语种四十八部。最重要的五部是《辞海》《辞源》《汉语大词典》《汉语大字典》和《现代汉语词典》。同年，邓小平看过这个计划后，把它转给周恩来；两周后，即 8 月 20 日，周恩来圈阅，并在批件上附言："因病在我处压了一下。"陈原回忆那段历史时写道："那就是 1975 年。翰伯抓住这个机会，要进行一项规模宏大的基础工程。亏他还有那样的雄心壮志，竟要进行这样的工程；这就是后来周恩来总理在病榻上批准的中外文辞书编辑出版十年规划。翰伯抓住这个机会不放，也抓住一些人不放，其中一个是我。那时，很少人相信'这是真的'，很少人相信这个规划能够实现，但是翰伯却固执地认为它是可以实现的，因为有人民。

十三年的实践证明这项基础工程对于国家现代化有多么巨大的意义；十三年的事实也证明翰伯的信心来自人民，是现实的。然而此刻，当大部头的中外文辞书相继问世时，翰伯却去了，再也听不到他那低沉的充满信心的声调了。"

其二，创办《读书》杂志。据吴彬《我的〈读书〉十年》记载："当时的创办者是几位自二十世纪三十年代即在知识界、出版界工作，文化素养深厚且具有强烈社会责任感的老前辈：陈翰伯、陈原、范用、倪子明、史枚、冯亦代、丁聪等，这些先生组成编委会。"创刊号发表李洪林文章《读书无禁区》，当即引起社会轰动，争议之声延续很久。直到1981年，《读书》一期发表《两周年告读者》，吴彬说："此时《读书》办刊方针才明确形成，基本为：解放思想、平等待人、允许发表不同意见、不做无结论的争论、提倡知识、注意文风等等。这些办刊原则当时被编辑部奉为圭臬，《两周年告读者》的作者正是创办人陈翰伯先生。"

此时，陈翰伯还给沈昌文写过一个"手谕"，其中注道："这里无甚高论，仅供改进文风参考。"这个手谕就是后来文集中《老生常谈话文风》一文，陈翰伯给《读书》提出十一条意见：要废除空话、大话、假话、套话；不要穿靴、戴帽；不要用"伟大领袖和导师""敬爱的总理""英明的领袖"；不要用"千里传友情"之类看不出内容的标题；引文不要太多；少用"我们知道""我们认为"之类话头；可以引用当代人的文章；不要用谐音式的署名，不要用长而又长的机关名称或某某编写组署名；行文中可以说"一二人""十一二人"，千万不要说"一两万人"这类空话；不要在目录上搞"梁山伯英雄排座次"；等等。他还告诫沈昌文，永远不要向读者说"应当"如何如何，永远不要把《读书》办成机关刊物。

陈　原：诞辰一百周年祭

　　时值陈原先生百年诞辰之际，商务印书馆同人打来电话，希望我能写一篇文章，以示纪念。

　　放下电话，我的记忆回到 1995 年 3 月 9 日中午，在北京一间马克西姆西餐厅二楼，我和辽宁教育出版社几位同事，正在与"书趣文丛"总策划沈昌文等人对面而坐，商讨书稿的有关问题。其间有人说：见到陈原先生在楼下吃饭，我们去打个招呼？沈先生站起来说：陈原老不便见多人，我与晓群下去拜见一下。我在日记中写道："一楼餐厅的散座，弥漫着法兰西的情调；恬淡的灯光，夹杂着几点午后斜阳的亮斑。当时我很紧张，记不得陈原老的相貌，记不得彼此说些什么。哦，我大概什么也没说，只是握手致意，便退下来。"

那时我为什么紧张呢？回想起来，大约出于两个原因：一是沈昌文先生的日常教诲。记得在一次编辑会上，沈先生在场，我说："沈先生是我们这一代出版人的导师。"当时沈先生站起来，正色说道："不敢当。陈原、陈翰伯等前辈才称得上导师，我只是他们的秘书。"再有，每当我们讨论一个新的出版项目时，沈昌文经常会说："我们去请教一下陈原老吧。"二是读陈原先生的著作，无论是出版方面还是语言学方面的书，细读之后，都使我们的敬畏之心油然而生，受益极多。多年来，我写过几篇向陈先生学习的文章，如：《一位智者，让我们陷入失语的窘境》《委婉语词，后现代意识形态的主调》《陈原，我们的精神领袖》《坚守理想的乐园》和《一个通才的绝唱》等，充分表达着内心的感受。

此时，我想通过几段故事，将这些年来对陈先生认识的深化，择重表达出来。

《陈原出版文集》

1996 年，陈原先生签赠我一册《陈原出版文集》。这是在陈先生众多著作中，我最喜爱的一种。它不是一部简单汇编的文集，如陈原在序言《黄昏人语》中所言，1993 年出版社组稿，最初他想婉言谢绝，觉得自己过往的材料太少，没有什么保留价值。但他的夫人余荻说："我们一生都在这领域度过，如今垂垂老矣，正好借此给自己画一个句号，做一个纪念。"他们 5 月中开始工作，7 月中余荻突发脑溢血，离开这个世界。9 月中陈原支撑着病躯，完成全稿。可以想见，在陈先生的一生中，这是一部怎样重要的著作。

再者从时间跨度而言，陈原将自己的出版文章，自 1949 年一路整理了下来。他既要保持历史原貌，还要表达整理时的心境，所以在每篇旧文之前，他加上一段"题解与反思"，文字真切坦诚，表现出陈原自我剖析的勇气和情操。比如 1958 年，他在一份内部刊物上，写过一段编者按《这面广告说明了什么？》，只有一百多字，批评《人民文学》5 月号广告"厚古薄今，迷信专家，轻视青年，轻重倒置"。因为在广告版面上，出版社把介绍《叶圣陶文集》和李劼人《大波》等老作家的图书的那些部分，做得篇幅很大，而新作家杨沫、曲波的《青春之歌》和《林海雪原》被挤在一边，只有书目，没有说明文字。结果陈原的编者按"引起出版社很大的困惑和混乱"。如今陈原将这个短短的"编者按"收入文集，自称是自己的过错或"罪过"。陈原还说，后来忘记向叶圣陶述说此事，但那时叶老是清醒的，他对批判钱锺书《宋诗选注》不以为然，曾对陈原说，那样的批判要不得。

我正是通过认真阅读这部《陈原出版文集》，加深了对陈先生的了解，并在不久后出版陈先生两部书稿。

一是文集中的一篇文章《总编辑断想》，有两万多字，我先在辽教社内部刊物《荐文》上刊载全文，还写了一篇"荐者语"。后来面见陈先生，我又提出出版《总编辑断想》单行本的建议。陈先生很高兴，希望我能写一篇序言，我连声说不敢，说还是由沈先生写吧。沈昌文接受了任务，但说写序言不敢，还是写一篇后记吧。最终协商，由沈先生写一篇"后序"。

再一是我们策划出版《陈原语言学论著》三卷，有一百多万字。这么好的资源，原来辽教社是拿不到的，只是经过沈昌文不断牵线搭桥，陈先生对我们有了更多的了解，才放心将书稿交给我们。后来台湾商务印书馆购买此书的繁体字版权，那时我在辽教社制定政策，像陈原一类大学者、大作家，他们的书稿被海外购买版权，出版社不再抽取"管理费"，即将海外出版社支付的版税，全额支付给作者。当时我的做法，受到陈、沈二位先生称赞，说有老一辈出版家的遗风。其实我正是读到当年商务印书馆张元济、王云五的组稿故事，他们为拿到严复、林纾、胡适、陈独秀、蔡元培等名家著作，可谓服务周到，用尽苦心。我只是怀有一点追随之心，获得前辈的信任。

还有1999年末，辽教社创办《万象》杂志，陈原先生肯于开专栏"重返语词的密林"，接续七年前《读书》上的专栏"在语词的密林里"。后来，他又在辽教社结集出版《重返语词的密林》。这样一段故事，正是实践陈原、沈昌文二位先生的观点："编辑的责任不单是在组稿，更是在组人。"

"编辑 / 编辑家"

读陈原，接触陈原，我有一个深刻的认识：他不但是一位出色的出版家，还是一位卓越的语言学家。天造地设，出版与语言学聚为一体，为我们这个时代奉献出一位难得的智者。所以很多年前，我曾在一篇文章中写道："陈原是我们的精神领袖——只要与他接触，你就会产生面向大海的感觉，无论深远，都让人顿生怅然而不及的惭愧！"这不是空话，那些年，陈先生的举止言行，几乎影响到我们从事编辑工作的许多细节。列举几例：

一是讲话。在二十世纪末，三卷本《陈原语

言学论著》在辽教社出版。为此，我们请陈原先生来沈阳讲座。在向听众介绍主讲人的时候，其中有"陈原先生是一位大编辑家"一句。听到这句话，我见到陈先生微微一怔，欲言又止。我觉得其中有问题，恰好我正在翻阅《陈原语言学论著》的目录，突然看到"编辑／编辑家"的条目，陈先生写道："编辑是一种人，又是一种工作。编辑即是人，则不必加'家'。作家、画家、作曲家、文学家、科学家——称'家'。司机、教师、出纳——不称'家'。"读到这里，联想到刚才的介绍，又想到以往我似乎也有过"编辑家"一类言辞，不觉脸面上浮出一缕绯红。

后来我时常听到、见到类似的语病，总想提醒人们：读一读陈原吧。比如有一本书，名字就叫《编辑人的世界》，也是犯了陈原指出的语病，在"编辑"的后面，多加一个"人"字。

二是写信。十年前，我曾写过一篇文章

《一位智者，让我们陷入失语的窘境》，谈到我与陈原先生接触多年，却从来不敢给他写信。为什么？不是懒惰，实在是被语言学家的目光吓到了，出现"失语"的征候。这要从另外两封信件说起。

2001年初，辽教社一位刚入行的小编辑，写信给沈昌文先生，请他帮忙给我们推荐几位翻译家。信中有一句话写到："请您告之一些工具书作者"云云。对此沈先生在回信中，指出两点错误或曰不当之处。其一，沈先生说，看来你不熟悉我们这行的行话；我们在进行实务时，作者（意思同著者）、译者、编者是三个意思，指不同的三类人。我猜你要找的是译者，不是作者或编者。其二，沈先生说，要知道，在文化人中这么用"告之"一词很"丢份"，太学生腔了。接着，沈先生写道："干我们这行，写信等于是'亮相'，必须词斟句酌，不然得不到别人的信任。你们以后又偏偏要多同语言学家打交道，所以不能不慎之慎之。请原谅我对你们有点倚老卖老。何况我也是陈原这些老辈这么带出来的。"沈先生还特别提到，陈原对辽教社编辑的文字也有评价。说到这里，沈先生叹道，追求文字的尽善尽美，真是太难。比如《读书》，无论你如何精雕细刻，到了吕叔湘、陈原手上，还会被列出一大堆错误。真是防不胜防啊！听到这些话，我再想写信时，怎么会不胆怯、不畏惧呢？

附一句，那位"小编"是中国科学院生物学博士，做过科学史博士后，后来成就斐然，做到出版公司的总编辑、总经理。但直到今天，她回忆起这一段故事，还会感叹"终身受益"。

三是用词。陈先生是名副其实的专家，既有智慧，又刻苦认真。据称他在看电视时，会把一个小本子放在手边，随时记下电视节目中的新鲜语词。这些年来，有新人进入出版行业，起步之初，问我该读些什么书，我经常会对他们说，读一读陈原，尤其是他的语言学著作，对从事编辑工作的人，以及从事出版专业研究的人而言，它们尤为重要。在这里，我仅列出两个例子：

首先，关于"新语词"，陈先生文章很多，都很精彩。他出过一本极薄的小书《新语词》，其中有"新语词的创造与规范化"一段，提出用词的"六不"，至今让我铭记。他写道：一、不造新的汉字，汉字已经够多了；二、新造的语词不拗口，一拗口就难于传播；三、不盲从也不歧视，凡是合理的，妥帖的，合乎语言习惯的，将会得到人们的爱戴；四、不滥用方言，也不排斥方言；五、不违反社会心理习惯；六、音译新语词所用的汉字组合，尽可能避免发生望文生义的歧义。

其次，关于"委婉语词"，我在十年前曾写过一篇文章《委婉语词，后现代意识形态的主调》，谈到读程巍《中产阶级的孩子们》（三联，2006），发达国家使用政治词语的变化，即用"委婉语词"替换一些旧词的故事。有名的替换如："资产阶级"——"中产阶级"；"小资产阶级"——"白领"；"工人阶级"——"蓝领"；"血汗工厂"——"劳动密集型企业"；"西方化、殖民化"——"全球化"；"西方资本主义社会"——"西方民主社会"。阅读之余，我想到早在二十世纪七十年代，陈原先生就关注这个问题，他的《语言与社会生活》（1979），是陈先生从事社会语言学研究的开山之作。该书不足六万字，分为六章，第五章的题目正是"委婉语词"。比如，1973 年《纽约时报》说，美国某机关下了一道公文，在经济公文中不要再用 poverty（贫困）一语，代之以 low-income（低收入）。当时的《哈泼斯杂志》（*Harper's Magazine*）还登一个征文启事，请读者创造一些能够掩饰"不愉快的现实"的委婉语词。读陈原，我时常赞叹，他的思考很有"先知"的意味。

王云五

回想当年，我追随沈昌文先生做出版，曾有两个大项目，都来自陈原先生的支持。

一是出版《吕叔湘全集》十九卷。当时为解决版权问题，陈先生出面约见吕叔湘先生家属，跟商务印书馆打招呼等，使我们的工作得以顺利进行。

再一是"新世纪万有文库"。当时我在翻读"万有文库"第一辑，见到王云五先生的序言《印行〈万有文库〉缘起》，才萌发组建"新世纪万有文库"的念头。最初我把这个想法跟沈昌文先生谈，沈先生有思想负担，说到大陆很多老辈出版人都对王云五不以为然，批评"万有文库"追逐商业利益，提出废除王云五发明的"四角号码检字法"等，还是周恩来出面，指出"不能因人废事"。但沈先生说，在老辈学人中，陈原先生对王云五的评价有所不同，相对客观、中肯，所以要想追随王云五的文化理念，出版"新世纪万有文库"，需要请陈原先生领衔，做总主编，这样才镇得住。

沈先生还说，陈原是一位有政治智慧的人，他赞扬王云五，研究王云五，学习王云五，都不会直来直去。这次请他出头，不知他是否会接受，或激发出他的人生智慧。后来陈先生果然接受我们的邀请，同意出面，但提出两点要求：其一，建议将"总主编"改为"总顾问"；其二，刊登图书广告时，不要登上他的名字。

此后我读陈原著作时发现，陈先生确实在

文章中，不断提到王云五的思想和理念，不断将王云五工作经验的合理部分，纳入自己的工作计划之中。但几十年来，陈先生用语严谨，不露声色，这让我想起陈先生的助手柳凤运的一段话，她说陈原晚年，喜欢说"人的全部尊严在于思想"，也喜欢说"历史老人不走直路"。

下面，我将陈原先生著作中，谈到王云五或相关事情的文字列举出来，使我们方便串起来阅读和理解，看清楚陈先生的思想脉络。此时我心里在想，我这样做，试图将一位"历史老人走过的路"拉直，是否符合陈先生的意愿呢？

"万有文库"：陈原先生多次谈到对这套书的肯定。如1989年11月，他在《胡愈之和"知识丛书"》中写道："1961年5月中旬，中宣部召开部长办公会，讨论'知识丛书'编辑出版问题。时任部长的陆定一讲话，提醒人们要向商务印书馆从前出版的'万有文库'学习。他说商务的'万有文库'包括古今中外各种知识，很有用处。"再如，陈原在《商务印书馆九十年》中写道："就是过去以为完全是为了'生意经'而编印的《万有文库》，也还是没有离开它的先行者们普及文化、开发民智的抱负。《万有文库》的刊印，确实使学校机关乃至家庭，都能'以极低的价格'得到'人人当读之书'（王云五语）。"

"汉译世界学术名著"：1902年张元济加盟商务印书馆，开始注重翻译著作的出版，有"帝国丛书"，严复、林纾译著等。1929年王云五主编"万有文库"，其中包括子系列"汉译世界名著丛书"，正是这个名称的首次亮相。1958年陈翰伯主持商务工作，八年间译介西学各科学术名著近四百种，另有译稿选题储备近四百种。1964年王云五出任台湾商务印书馆董事长，两年后他从此前"汉译世界名著丛书"中选出二百种，共计六百册，构成"汉译世界名著甲编"，在台湾编印出版。1978年陈原出任商务总编辑兼总经理，为纪念商务印书馆建馆八十五周年，在前人劳作的基础上，编印"汉译世界学术名著丛书"，丛书名目中加"学术"二字。1982年第一批五十种出版，陈先生有文章《写在"世界学术名著丛书"刊行之际》，他在《陈原出版文集》"题解与思考"中写道："《汉译世界学术名著丛书》第一辑五十册，在商务印书馆八十五周年馆庆前夜问世，积累好几十年有识之士的辛劳，才有可能实现这件小小的却有长远意义的工作。"

保留书目：1980年，陈先生在《商务印书馆的出书规模和质量问题》一文中谈道，出版社出书不能编一本扔一本。"如果我们的淘汰率是百分之五十，那么，我设想十年后即到1990年，我们可以积累到一千种左右'保留书目'，再加上 1958 到 1980 年这一段大约有一千种，那末，加在一起我们就会有二千种左右的'保留书目'，就成为新的"万有文库"了！王云五时的"万有文库"第一集仅二千册，第二集也不过二千册。"

日出一书：1983 年，陈先生在《最后一班岗——我在商务印书馆做了的和没做的》中，有"日出一书"一项，他写道："我 1980 年提出在 85 周年纪念以后实现'日出一书'的设想，得到同事们的支持。也有怀疑派，但不多。之所以提出这个口号，因为它有历史意义，王云五时代就实行过了，不过那时商务是一个包罗万象的综合出版社……从 1982 年起《光明日报》第四版左下角每星期一就出现一块小广告，'商务印书馆——日出一书，本周书目'。这个小小的广告也确实给我们的工作带来一定的动力和压力，也引起国内外出版界学术界的注意，这大大超出我们的预想。"

四角号码检字法：陈先生在《〈张元济年谱〉代序》中，谈到王云五发明"四角号码检字法"。他说："传说商务推行的四角号码检字法本来是高梦旦发明的，王云五只不过使之完善罢了。证之王云五纪念高梦旦文章所记，此说也不是全无道理——王云五说最热心推广四角号码的正是高梦旦，王记下高对他讲过的'戏言'：'姓王的所养的儿子四角检字法，已经过继给姓高的了。'"

评价王云五：陈先生在《总编辑断想》中写道："正如没有经历过本世纪头三十年的一般人，以为商务就是王云五，王云五就是商务。商务之所以能成为商务，因为有个王云五；有个王云五，就能创造出一个商务。直到八十年代初，很少人知道创业艰难时期，幸赖一个张元济。"还有，陈先生也曾说明，王云五进入商务印书馆是得到张元济同意的。他在《〈张元济年谱〉代序》中写道："高梦旦不反对新思潮，但他认为对新学所知不多，还是退位让贤的好。因此他去北京请当时被誉为新文化运动大将的胡适自代，胡适来馆虚晃了一枪，却不理解（或不屑做）这项工作，荐了王云五入主商务。显然高梦旦此行，事先是同张元济商量过的。"

行文及此，在我的脑海中，不断掠过早年与陈原先生多次交往的情景：他夸赞辽教社出版的"牛津学术精选"、BBC《与恐龙同行》等书编得好；他说我的文章《无奈的万有》《在高高的桅杆下》中，某些观点不错；他在跟我合影时开玩笑说，出版人要能克隆该多好；他问我："你在辽教社的出版追求是什么？"我说："希望能走商务印书馆的路。"他说："走商务的路，至少需要二十年的努力！"

李学勤：日记中的李先生

2019年2月24日，李学勤先生逝世，终年八十六岁。一时怀念之声不绝，我的心中也有许多思念与感叹。翻阅我的工作日志，看到第一次拜见李先生，可以追溯到1990年，在"国学丛书"编委会的聚会上。最后一次与李先生通电话，大约是在2006年，我约他来北京华侨大厦，参加一个书稿座谈会。李先生说太忙，实在没有时间，再三表示致歉。而最后一次见到李先生的面容，是在近年央视一档节目中，李先生接受记者采访，精神矍铄，言辞清晰，但面容明显有些衰老。当时我叹道：时光飞逝，李先生也老了。

近日有人整理李先生的资料，向我咨询有关情况。我的日记中有多条记载，还记有十几封信件。一桩桩一件件，略记如下。

"国学丛书"

那是在 1989 年末，我们开始组织"国学丛书"，编辑部由葛兆光、王焱、冯统一、陶铠、李春林、梁刚建等人组成，他们提名组成一个编委会，编委有王世襄、王利器、方立天、刘梦溪、汤一介、张政烺、张岱年、庞朴、李学勤、杜石然、金克木、周振甫、徐邦达、袁晓园、梁从诫、傅璇琮。主编是张岱年先生。当时在这个阵容里，李学勤先生还是小辈吧，好像最年轻的是刘梦溪先生，再就是李先生了。我的印象：李先生是一位谦谦君子，他为人礼貌热情，知识面极广，任中国社会科学院历史学研究所所长，也没有一点官气霸气。与李先生交流时，他仪态谦恭，口气和蔼，喜欢连声说："好，好！"让人感到温暖，容易接近。

在研究"国学丛书"编写方式时，编委会与编辑部确定，编委们不参加撰写，而是推荐中青年学人执笔。但是编辑部又觉得能够聚齐这样一些大人物，不出版点什么东西真是太可惜了。于是决定请每一位编委写一篇文章，构成一部文集，名曰《国学今论》，列为"国学丛书"的第一部。书中包括：张岱年《论道统与学统》、汤一介《再论中国传统哲学的真善美问题》、金克木《主题学的试用》、胡道静《古籍普查和情报工作问题》等。李先生的文章题目是《〈今古学考〉与〈五经异议〉》，讲廖平的代表作《今古学考》，还有康有为与廖平的交往及友谊，进而评说廖平对许慎《五经异议》研究的得失。文中可见李先生根底深厚，且文字明白清楚。这些是我对李先生的第一印象。

　　再者，编委有推荐书稿的权力和责任，此事只有张岱年、李学勤先生做得最好。一年后王世襄先生来信说，他难以完成任务，还将编委策划费退了回来。1993 年 6 月 16 日，李先生来信，推荐南开古籍所赵伯雄《〈春秋〉经传讲义》。1997 年 6 月 1 日，李先生来信，他写道："我所指导的博士刘国忠，日前已通过答辩，并留清华执教。闻葛兆光兄言，您已慨允将其论文《五行大义研究》出版，极感欣幸。《五行大义》迄今国内罕有研究，刘文据日本侍本及日、法学者著作，做了系统讨论，且将原书详加校订标点附后。您精于数术方面研究，于其价值自然了然于胸。这也是我要专门致谢的。"

"中国古代科技名著译丛"

1991 年，4 月间，我曾与郭书春先生策划，出版一套"中国古代科技名著译丛"。具体工作由郭书春先生主持，他建议请李学勤先生做主编，几经邀请，李先生才肯出面。李、郭二位先生为人极好，宽厚通达，做事认认真真。李先生知识面宽广，书目精熟。4 月 12 日，郭先生来信说："为此事我征求了几位同志的意见，褒贬不一。薄树人等认为不好做，卖不出去。潘吉星认为很有意义，肯定有销路。席泽宗也认为可以做。"后来这套译丛中出了许多好书，如郭书春的《九章算术》、江晓原的《周髀算经》、胡维佳的《新仪象法要》、姜丽蓉的《洗冤集录》、孙宏安的《杨辉算法》、廖育群的《黄帝八十一难经》、汪前进的《岛夷志略》等。

在那年 4 月初我们召开的第一次编委会上，

发生了一点情况。当时宣布李学勤做主编，郭书春做副主编，潘吉星等做编委。潘先生参加了会议，散会后，在 7 月 15 日至 19 日间，潘先生连续给我写了三封信，最长的一封达六页。他主要谈三个问题。一是对编委会的评价，言语激烈，我不复述。二是他谈了许多好题目，确实有水平，例如，他在谈首批书目时写道："我提出《天工开物》《齐民要术》《花镜》《洗冤集录》《饮膳正要》《救荒本草》。闵宗殿提出的《农书集锦》也很好，一本不成，再来一本，把讲斗鸡、斗蟋蟀、养鸟、养金鱼、栽果树、饮茶等都投放出去，看的人一定不少。"三是谈他研究《天工开物》的著作。潘先生曾在我社出版过他的专著《卡尔·肖莱马》，还为《数理化信息》组稿写稿，很有水平，与我们有着很好的业务往来。这一次他说："我可以参与搞一些东西，但退出编委会。"

"人类考古五大发现"

那时我正在出版"人间透视大型书系"，已经出版几套子书系如"东方人生五大难题""中国古代五大奇观"等，很受欢迎。1991年，我跟李学勤先生商量，能否搞一套"人类考古五大发现"。1991年9月29日，我收到李先生来信，他同意为"人类考古五大发现"组几本稿子。那天下午，我与李先生通电话，又向他请教了一番。李学勤建议作如下题目：《中国殷墟》《埃及吐坦哈蒙墓》《两河流域与乌尔遗址》（或特洛伊）。后来涉及几位作者：林通雁（《殷墟》）、王迎（《埃及》）、毛君炎（《苏美尔》）等。有一次我到京组稿，李先生请几位年轻人来坐，他们已经写了提纲，但最终没有做成，原因是什么？我还要去查日记。

《九章算术》汇校本

郭书春先生《九章算术》汇校本，李学勤先生极为赞赏。此书由我责编，1991年3月出版。5月5日李先生来信，其中附有对《九章算术汇校本》的评价函。中国科学院自然科学史研究所所长席泽宗、数学所副所长李文林、辽宁师范大学梁宗巨诸位先生，也都分别写了评价函。此后不久，此书即荣获全国教育图书一等奖。如今已成经典著作，多次再版获奖。

《数术探秘》

1994年，我的著作《数术探秘——数在中国古代的神秘意义》在生活·读书·新知三联书店出版。1995年4月14日，《光明日报》的《书摘》杂志，从我的《数术探秘》中摘取一段《诊断的功能》。李学勤见到此文，还在给我的信中写道："在《书摘》今年第四期拜读大作《诊断的功能》，所论极是，也是应向您表示钦敬的。"

《走出疑古时代》

1995 年 4 月 14 日，李学勤先生曾来信写道："前年辽宁大学出版社逸梅同志印了我的一本小书《走出疑古时代》，我已看过校样，年末年初有两次我负责的会，本想在会上发一批，但未及出版。前些时中国社会科学院的一次会上，有同志提过我这一语（'走出疑古时代'），引起不少注意，因此我很希望书能早日印出。知您一直关心此事，故敢奉烦，代为促进一下，不胜感谢！"我复信："大札已阅，逸梅给您打电话大概已说明了情况，大作《走出疑古时代》

近日即可面市，勿念！"

　　这里面还有一段小故事：逸梅是辽宁大学出版社的编辑，是我的妻子。辽大出版社想组织重点书稿，逸梅去找李先生。但组稿之初，她并没有说明这一层关系。逸梅说，当时李先生手头有几部稿子，她就挑上了这一本。最初的稿名是《李学勤考古论文集》，但她在审稿时提出，这本书内容极好，只是题目不够明确，是否可以选用其中一篇文章的题目，作为全书的题目呢？像其中的"走出疑古时代"，多好的名字啊！当时逸梅打电话到李家，李先生不在，是他的儿子李缙云接的电话。缙云在文物出版社工作，听罢逸梅的说明，他连声说："好，好！就这样改好了。等父亲回来我再告诉他，我想他是会同意的。"事后逸梅还说，缙云说话语气谦和，很像他父亲。此书出版后反响巨大，有朋友对我说，曾几何时，北大的学生在校园内散步时，都以拿着一本《走出疑古时代》为时尚。至于此后围绕着这一主题发生的学术讨论，更是风起云涌，波及广泛。1999年，此书获得第四届国家图书奖提名奖。1997年6月1日李学勤来信，他写道："前蒙逸梅女士赐电，允及早出版《走出疑古时代》增订本，深为感谢。"1998年6月14日，李先生来信写道："另外，我十分感谢逸梅女士那里出了《走出疑古时代》的增订本，此书在北京书店中很畅销，曾在报端推荐书单上排第二位。新书印制很好。"

"当代汉学家论著"

1995年11月4日，我的日志写道：今年共收到清华大学李学勤先生来信二封，葛兆光先生来信四封，其中主要谈的是请辽宁教育出版社参与"二十世纪国际汉学及其对中国的影响"国际学术研讨会。我社同意资助此次会议，但是提出两项要求：一是会议主题之一有"从'国学丛书'看二十一世纪中国人文学术的趋势"；二是利用会议之便，组织一套"当代汉学家论著丛书"。10月21日兆光兄信云："晓群兄出的点子极好，我们已草拟了一份随邀请函分发的组稿函（不是每个被邀请者都有），说明拟出'当代汉学家论著丛书'云云，相信会有一些汉学家参加进来的。此外，有一本杨百翰大学的《汉学史讲义》，一本剑桥鲁惟一等人的《古代中国典籍导读》已经版权在手，看来问题不是太大，只是找专门人才翻译，还需专家来校对，才是真正的麻烦。另外，关于'国学丛书'，与李先生谈了一次，我们均以为如要再出，恐需重新设计选题及人选，选题若无更新，恐难有第一批之社会影响。所以我回家后又考虑了一次，认为如果要出，恐需加入类似'中国历代植物志研究'（专门研究如《南方草木状》一类，《梅花谱》一类）、'四裔志书研究'（对四裔之记载的考察与中国边缘地区文化研究）等较生僻的内容，及比较现代的如'近代乡绅与城市地主的互动'（即中国特有的城乡一体化业主在近代之作用），'近代中国民间信仰中的经济伦理'（用韦伯理论）等较活跃的内容，不知你以为如何？"我称赞：葛兆光是一位大智之人，开口无空话，落笔无虚言，每论出版，大有胡适之遗风。

1998 年 6 月 14 日，李先生来信写道："日前我前往美国，参加关于新出土竹简《老子》的会，碰见一些外国老朋友，他们听说清华翻译的《中国古代典籍导读》（鲁惟一）已由您社排好，即将印出，都非常高兴，让我向出版社转达，这是我写这封信的原因。"

爱书人俱乐部

1995 年 12 月 26 日，李学勤夫妇来沈阳，为爱书人俱乐部讲座，题为"考古新发现与中国文化"。李先生的沈阳之行还有一个重要的目的，即参观辽宁故宫博物院的青铜器。我们与辽宁文物界的关系很融洽，再加上李先生的学术地位，王之江陪同，自然会安排得很好了。在观看一柄青铜剑时，李先生希望看一看剑的背面，博物院也满足了他的要求。

"新世纪万有文库"

1996 年"新世纪万有文库"启动，李先生出任传统文化书系中的专家。总顾问：陈原、王元化、任继愈、刘杲、于金兰。传统文化书系学术指导：顾廷龙、程千帆、周一良、傅璇琼、李学勤、徐苹芳、傅熹年、黄永年。近世文化书系学术指导：金克木、唐振常、丁伟志、黄裳、董桥、劳祖德、朱维铮、林载爵。外国文化书系学术指导：董乐山、殷叙彝、陈乐民、蓝英年、汪子嵩、赵一凡、杜小真、林道群。

1998年，这一年李先生来过两封信。其中一封信与"新世纪万有文库"有关。即3月11日来信，信中附有侯外庐长女侯寓初的一封信。原因是"新世纪万有文库"第二辑中，收入了侯外庐《中国古代思想学说史》，但是版权问题没有很好地解决，其女特来询问。李先生信中写道："现将侯寓初同志的一封信转上，他是著名老史学家侯外庐先生长女，是一位老同志，曾任北京宣武医院党委书记多年。盼能交贵社人员处理。"

许渊冲：初春，与大师相遇

　　许渊冲先生已经九十六岁了。几个月前中央电视台编辑打来电话，他们知道这些年海豚出版社与许先生过往甚密，出版了很多许老的著作，所以希望我们牵线搭桥，请许先生去央视，做一档叫《朗读者》的节目。

　　说实话，对于此事我并不看好。他老人家毕竟是九十几岁的人，耳朵严重失聪，我从内心里不愿许先生与明星们为伍，更为他的现场状态捏着一把汗："许先生能应付央视那金光闪耀的环境吗？还有那些光鲜亮丽、伶牙俐齿的主持人？"

　　没想到《朗读者》节目甫一播出，许先生

就迅速成为网红，那至善粹然的学问，那至纯无瑕的情操，那至朴无华的心性，还有在追忆往事时，屏幕上闪过许先生那张因激动而变形的面孔，掬一捧纯真的热泪，瞬间击中无数人心房的软处。一位大师级的人物，他用生命历程告诉大家：人，可以掌握自己的命运，踏踏实实地生活！

就这样，许先生又火了。媒体采访者蜂拥而至，他们四处搜寻许先生的新闻旧事，几天之中，给我打电话的记者不下十位。其中集中的问题是，许先生九十岁以后，他的著作大多在海豚社出版，你们是怎样想到、怎样做到的？

是啊，回想我第一次见许先生，是在2011年的初春时节，当时他送给我的名片上写着："书销中外六十本，诗译英法唯一人"。但是在这一次央视《朗读者》节目上，许先生送给主持人董卿的名片，那句话已经改为"书销中外百余本，诗译英法唯一人"！我心里清楚，从"六十本"到"百余本"，其中有许多本都是海豚社完成的：《许渊冲文集》二十七部，《许渊冲经典英译古代诗歌 1000 首》十部，《丰子恺诗画，许渊冲英译》一部，《莎士比亚悲剧集》六部，《莎士比亚喜剧集》四部，还有单卷本《英译诗经》《英译牡丹亭》《英译道德经》和《英译论语》等十余部著作在陆续出版。

我为什么会这样做呢？原因之一是海豚社隶属于中国外文局，国际文化交流是我们的责任。尤其是"中译外"，中国外文局一直有"国家队"的称号。海豚社只是其中一个小社，以出版儿童书为主，从二十世纪七十年代开始，出过许多多语种的画册，它们大多是名家手绘，当年几毛钱一本的小书，在眼下旧书市场上，甚至可以卖到几百元。但是作为一个儿童书出版社，怎么会如此大规模出版许先生的书呢？

其中与儿童相关的书，有《许渊冲经典英译古代诗歌 1000 首》，而大部分著作都是给成年人看的书。我认真想一想：海豚能够出版那么多许先生的书，纯属偶然，其中也有必然的因素。

第一次与许先生"偶然"相遇，是在 2011 年北京初春，那时我来海豚社工作才一年多。我的夫人在外文局下属的外文出版社工作。那天下班时，她说许渊冲先生的学生推荐一套书稿，社里希望立项出版，所以下班要顺路去一趟北京大学许先生家，向他老人家请教，落实一下相关事宜。我开车到北大教师宿舍，许先生的夫人照君女士来到大门口迎接我们。我原想不下车，但许夫人很客气，我们还提了一点水果，我只好跟着上楼去。

那是我第一次见到许先生，高高的个子，说话声音很大，是不怒自威的那类人，但他待人很热情。他耳朵背了，需要夫人对着他的耳朵大声复述我们的意思。有一会儿许夫人去别的房间找书，我们交流出现障碍，许先生就有些着急，照君女士却始终温和相对。许先生对外文社很重视，不断介绍自己的著作。我的身份是司机，只是坐在那里静静听着。听到我的夫人说："您希望出版《许渊冲文集》，我还要回去汇报，看能否立项，社里项目太多。"许夫人有点急，她低声对我们说："许先生已经九十岁，还能有多少工作的时日呢？他做的事情别人做不了，能多创作一些，多留下一些，多出版一些，我们才心安。"许先生看到我们私语，还问道，你们在说什么？

听到这里，我心中涌出一种酸楚的感觉。尤其是见到许先生以往出版的书缺乏整体规划，有些名著印制粗糙，有的书印得像教辅一样，我再也忍不住，打断他们的交流，递上我的名片。我说，我是海豚社社长，也是外文局下属的出版社，许先生的文集或全集，如果外文社排不上，我们海豚社来做。许先生将信将疑，他说没听说过海豚社。我说从前我们也是外文社的一个编辑室。许先生看我如此热情，只好说那就试试吧！

另外，我在许先生的书架上，看到他早期出版的英译诗歌，品相很差，我当即表示愿意重新出版，做给孩子们看，一定会畅销。我当时还开玩笑说："如果能挣大钱，我就用挣来的钱为您出版《许渊冲全集》。"我记得，看到我的态度，老两口高兴极了。后来我们很快做出《许渊冲经典英译古代诗歌1000首》平装版、纸面精装版、布面精装版等多种版本，目前已经卖出几十万册。这次央视《朗读者》播出，一个月又发货三万多册，还将重印三册。

我去许家后的第二天，又让总编室主任李忠孝去许家，拿到文集的材料，做申报国家出版基金的准备。我们还向许先生说，海豚社很小，没有资金，如果能够申请到国家出版基金就做，如果申请不到也请他谅解。此间我还请教香港牛津大学出版社总编辑林道群，他也说西方人很看重许先生的"中译外"翻译，曾经有评委为许先生提名诺贝尔文学奖。林先生还说，如果我们出许先生英译中国经典的单行本，牛津也可以同时推出海外版。

2012 年初春，我们为《许渊冲文集》申请国家出版基金成功。但是也遇到一些问题：一是篇幅太大，许先生作品太多，原来报二十五卷，没想到只是"翻译"部分，就有二十七卷。那就叫《译文集》？但基金项目的名字不能改，我们只好说先出译文部分。二是资金不足，尽管后来又得到外文局一些支持。三是没有编辑力量，初审时，只好全社六个编辑室一齐上阵。另外我们还请郑在勇、吴光前等名家设计，整体装帧都很气派，由此提升出版社地位，锻炼了一批新人。

2013年《许渊冲文集》完成，验收合格。许先生对全书印装非常满意，他多次强调海豚的书做得漂亮，喜欢海豚的风格。后来我们又出版了一本《丰子恺诗画　许渊冲英译》，他更是喜欢得不得了。

2014年，许先生荣获国际翻译联合会颁发的"北极光"杰出文学翻译奖，他成为这个奖项自1999年设立以来，第一位获此殊荣的亚洲人。许先生还带话来说，这与海豚社为他出版漂亮的《许渊冲文集》有关，也要感谢我们。

第二次与许先生"偶然"相遇，是在2015年初春。中国外文局一个重点项目需要翻译成外文，但付印前有领导提出，必须请许先生再看一遍，他们才能放心。主事者知道我与许先生接触较多，让我帮助联系。

我们在一个中午与许先生小聚。谈完正事，我问许先生现在在忙什么，许夫人说，在全力翻译《莎士比亚悲剧集》，有三四本译好，已经有出版社签约。我极其喜欢这个项目，问出版进展顺利与否。她说不顺利，很慢，还在申请资助。我说："海豚社还有机会吗？如果交给我，我马上就做。海豚社的装帧您是知道的，一定比别人好。我目前还在研究西装书工艺，可以为许先生装一套小牛皮的特装本，书脊可以做成'竹节装'。"我这样说，只是抱着"死马当活马医"的态度争取一下。没想到几天后，许夫人打来电话说："许先生和她都非常喜欢海豚社的装帧，几经思考，还是取消以前的合同，把《莎士比亚悲剧集》拿到海豚出版吧！但许先生说，晓群一定要兑现诺言，送他一套小牛皮的特装本。"

就这样我们拿到《莎士比亚悲剧集》的六部

译稿，开始研究制作。为此我派设计师吴光前、杨小洲去欧洲莎翁纪念馆，拍下每一幕莎剧的浮雕剧照，将它们印在封面上——设计师于浩杰创新印制工艺，实现了我们的创意。另外杨小洲又去英国伦敦，买回对开本《莎士比亚全集》，将其中插图和莎剧影印原版，附在许译海豚版的书中。我们还请英国设计师罗勃·谢泼德监制，也是他建议，先出版莎剧的单行本，即每一出剧出一个版本，这也是西方人惯常的做法。

2016年初春，正赶上西方纪念莎翁逝世四百周年，恰好也是东方汤显祖逝世四百周年。我们国家要在伦敦书展搞文化交流活动，而许先生既英译中莎翁戏剧，又中译英汤显祖《牡丹亭》，自然是一段天缘巧合。我们同时推出两部著作，使之在伦敦书展上亮相，引起很大的轰动。此时许先生九十五岁，我们没敢请他前往伦敦，只是去他家中录像，请他用英文做一段演讲，在书展上播放。当时许先生还能在北大未名湖畔骑上一段自行车。他也与老伴坐在湖畔柳丝下，安静地望着远方。

2017年初春时节匆匆赶来，一期《朗读者》又把许先生推到人生的前台。我看着那些感人的故事，看着人们对美好生命的赞扬，看着许先生的名字在网上被不断刷屏，激动之余，我还想到两件事情：一是那套小牛皮版的书，莎翁喜剧四本已经在制，这次要与悲剧六本合璧，一并做出来送给许先生。二是许先生对董卿说，他要是能活到一百岁，会把三十几卷《莎士比亚全集》译完。

我想，当许先生百岁之际，那一定又是一个初春的季节。我再来到许家，许先生还是那样满怀激情，大声说话；许夫人还是那样温文尔雅，细心呵护。我拿到那些译稿，一定会做得更好。

黄永玉：几乎没有不看书的一天

2018 年读书日，我想起几段黄永玉的读书故事。

黄永玉在湖南凤凰读小学时，第一次见到表叔沈从文。他跑回家中打一声招呼，憷头问一句："你是北京来的吗？你坐过火车和轮船？"转头又跑出去玩耍。

黄永玉小学毕业，跟一位中学生说到表叔沈从文，那位中学生肃然起敬，说："他写的书好极了，我有一本《八骏图》，你要不要看？"黄永玉捧在手上，半天没看懂，年少气盛的他大受打击："怎么搞的，见过这个人，又不认得他的书。"

许多年后，黄永玉在福建德化山区一家小瓷器作坊做小工。有一天，老板看他头发长得不像话，给他一元钱去理发，他花掉三角钱，剩下的七角钱买了一本沈从文《昆明冬景》，翻读半日还是看不懂。黄永玉大为感伤："你还是我的表叔，我花掉七角钱，人家都说你写得好，我怎么读不懂呢？"

一定是受到"读不懂"的刺激，此后几年间，黄永玉不断提高自己的阅读能力，最终拥有一个小小的书库，其中收集沈从文几乎全部作品。此时他读懂了表叔的书，他感叹："对一个小学生来说，这几乎是奇迹——人确实是可以创造奇迹的。"

1946年黄永玉开始跟沈从文通信，那时他叫"黄永裕"，沈从文说像"布店老板"的名字，还是改为"永玉"吧。1953年黄永玉来到北京工作，与沈从文接触密切，亲见事情：他写文章，改三百回根本不算回事，文字音节、用法上不断变换写法；他开玩笑说，有些人一辈子写小说，写得好不奇怪，写不好倒真叫人奇怪；二十世纪五十年代初，他在《沈从文小说选集》序言中写道："我和我的读者都行将老去。"

最难忘的一句话是沈从文在给黄永玉的一封信中写道："永远地、永远地拥抱自己的工作不放。"这句话影响黄永玉一辈子："我现在连做梦都在写小说，想到一句话爬起来就写下去。"九十五岁时，他还在写《无愁河上的流浪汉子》。黄永玉遗憾沈从文没有看到，听不到表叔的评价，不过"婶婶讲过我一句好，她说你的文章撒开了，我不知道怎么把它收回来，结果你把它收回来了"。

沈从文对黄永玉影响至深。总结一生，黄永玉说，在自己的生活里，排第一的是文学，第二是雕塑，第三是木刻，第四才是绘画。文学给他带来很大的欢乐，给他带来很多的自由。"为什么我喜欢文学，喜欢雕塑，而绘画摆在最后呢？因为绘画可以养活前面三个行当。"这就是一位大画家的人生自白。

此时我想到黄永玉有两段故事，很值得铭记。

一是早年黄永玉离开家乡，有一位长辈说，你这个小孩到处流浪，背着书流浪的孩子很少见。他十七岁时在福建流浪，书包里有三本高尔基，一本陀思妥耶夫斯基，一部线装黄仲则，一本鲁迅，两本沈从文，一本哲学词典，四块木刻板，一盒木刻刀。直到晚年，黄永玉说，我这一辈子，几乎没有不看书的一天。

二是早年一位叔叔带黄永玉去福建厦门集美学校读书，那是陈嘉庚创办的学校，规模很大。黄永玉说自己不是好学生："在集美两年，留了五次级，前后的同学就有几百人。"因为喜爱的学科他已经自学，不用再听，不喜爱的学科如数理化和外语，他学不进去，所以一开学他就把新课本卖掉，买些日用品，然后一头钻进学校的图书馆。

集美学校图书馆是一座六层楼房，这是黄永玉的乐土，为他打开另一个世界，让他养成酷爱阅读的习惯。图书馆的管理员是黄永玉的婶婶，她一见到黄永玉来借书，便骂道："书读成这副样子，留这么多级，你每回还有脸借这么多书，不觉得羞耻？"黄永玉知道婶婶的关爱之情，称她"慈爱无边"。但他后来写道："有没有脸借书这句话，我至今觉得好笑，借书还要脸吗？"

沈昌文：沈公杂说

此文号称杂说，自然杂乱无章。好在沈昌文先生洪福齐天，不会计较我辈胡说八道。

沈公高寿之明年米寿

2018 年以来，我们一直在谈论 2019 年为沈公祝寿的事情。本来应该今年祝寿，明年再祝寿。可是他被沈双拉去美国度假，错过了祝寿时间。临行前我们为他送行，席间谈到，2019 年沈公恰好八十八岁，该庆贺一下吧！最好在 8 月上海书展上，出一本集子，搞一个活动，让老爷子快乐一下，让后辈们多了解一些那一代人的思想与情操。沈公同意了，但他说聚一下可以，别弄得正儿八经的。那就是要不正经了？该怎么做呢？

上个月陆灏来京，见到沈公、王强、吴彬、徐时霖一干人物，再讨论沈公祝寿，陆灏说编一本《八八沈公》吧，请知情者、钟情者各撰一文，汇成一册，有八十八岁纪念之意，又有"扒一扒"沈公糗事之调侃。吴彬说，最好是扒一扒那些以前没人说过的，不太光鲜的，揭老底的。接着吴彬说，俞晓群就别写啦，他跟沈公太久，说得太多，写得太多啦。声明一下，这次讨论我因故不在场，以上故事根据目击者转达，哈哈。

说得好，从八十年代中期起，我追随沈公已有三十年光景，写了太多关于沈公的文字。不久前，有出版社希望我写一本《沈昌文传》或者小传、评传什么的，我说：沈公花样太多，生命力旺盛，静无成法，动无定式，我现在散着写，还跟不上他的变化呢。如果立传，大概还未写好框架，他老人家已经"孙悟空七十二变化"了。更无奈的是你写他，他也写你，并且写得丝毫不示弱，诸如《我的黄金时期》《知心的人，称心的书》《有思想的出版家》《文化园》《粗犷的废话》《三栖达人俞晓群》《一位边疆壮汉的内陆开发记》……正如那首老歌唱的："你说那个一来呀，我给你对上一。"你看那些题目，他老人家也是越写越平易近人了。一次沈公甚至威胁我说："晓群，好好活着，不然等到你一百二十岁时，你离开了这个世界，我还会为你的追悼会致辞。"妈呀，吓死我了，算了吧，还写什么《沈传》啊，六十年后，还是请沈公写《俞传》吧。

沈公书写之无法回避

写，不写，不让写，写不好。此时我又想到，自己为什么情不自禁，总要写沈公呢？想出三个原因。

一是怕忘记。我一生身处出版职业，受到沈公影响巨多，陈年旧账，后续新知，写出来意在温故知新，一来避免遗忘，二来检点一下，自己是否未忘来时的路径。想起沈公每每强调，那些经验也不是他一个人的思想，上接百年先贤，下融当代名流，让他经常提及的人有吕叔湘、陈原、陈翰伯、范用、宋木文、刘杲……很多很多。沈公时常感叹，他们是我们的导师，我只是他们的秘书。

二是容易写。沈公的故事都是眼前的事情，他又是一位开放型的人物，没说道，没计较，没恩怨，没禁忌，没帮派，为人最随和、最宽厚。比如一次接受采访，记者问："您曾说过某一句话吗？"沈公答："我没有说过啊！"记者问："那俞晓群说是你说的。"沈公回答："哦，那就是说了。"所以我写文章，哪件事说不清楚，绕不过去，讲一段沈公的故事，问题就迎刃而解了。

三是避不开。总结后辈对待师父的态度，大体有三个走向：其一是以师为荣，创新师业；其二是回避师传，无师自通；其三是反叛师业，弑杀师父。后者就不说了，或者说跟错了人，或者说带错人，都是走向极端的理由。单说前两者的表现，是对于师承两种不同的态度。我对沈公，一直坚持那样的观念，师父是一个客观存在，你超不超越他，他就在那里。更何况创新必有传承，超越必有标的，师父就是你的标的，你不说人家心里也有数，你说了还会给自己加分。更不用说种种道德观念、人之常情

139

之类的约束了。

我知道自己没出息，到了现在这样的年龄、有了现在的经历，还时时不忘念老。因为在我的头脑中，始终有那样一个观念根深蒂固：即使沈公老了，即使他不能再亲自上手了，即使他没有能力再给我们出主意了，我也还是要请他坐上座。这是他的造化，也是我们的造化。因为家有一老，如有一宝，因为见到他欣慰之情溢于言表，我们做事才有动力！因为他坐在那里，我就觉得自己还是一个青年人！

沈公迷路之虚惊一场

好啦，讲一段沈公的糗事吧。惊悚一下，轻松一下。

且说 2018 年 11 月 19 日晚，陈墨、朱侠请沈公和我吃饭。约定下午我们去接沈公，事先打电话去沈家，白大夫接电话说："老沈一点钟就出门走了，他说不用接，自己会去餐馆。"到了六点，天已经完全黑下来，华灯初上，京城冬夜的市井气息尚在。人们在街市上无规则运动，种种躁动之感，掩饰不住俗世的温情与缠绵。

但此时，我们几个人却有些慌了，因为约定的时间已过半小时，我们还没见到沈公的身影。以往聚会，他都会提前一个小时到来，而问他从何而来，他常会提到三联、某书店，拿出几本刚刚买来的书给我们看。这是按斤买的，这是地摊书，像是盗版，我们餐前围着他议论一番。可是今天怎么了？打电话给沈家，他们也没有消息，手机也没带，应该没问题吧。我们的心一下子悬了起来，沈公毕竟是八十七岁的年龄，耳朵又背，今天反常规啊，到底是怎么了？

六点半，我们站在酒店门口，只见灯火阑珊深处，一个破老头从暗影中闪现出来。双肩背，带着毛线帽，那是沈公！只见他面色冻得微红，做出一副轻松的样子，目光依然顽皮、坚强，其中隐隐流露出一点老人的羞怯与惊恐。我把他拥抱在怀里，他的身体已经冷透，我俯在他耳边问怎么了，他说是他的错，接到约会邮件，他将餐馆的名字记在一张纸条上，也没细看，自以为又是定慧桥一带。下午一路奔波，去三联取信件，又去定慧桥附近一处旧书店看书，还在楼上喝咖啡小憩了一下。时间差不多了，他来到定慧桥下那一排餐馆，人家却说没有这一家餐馆啊。此时已经快到五点了，天色黑下来。沈公有点慌乱，没有办法，只好叫一辆出租车，他把条子给司机看，司机说那是在西直门桥附近啊，这才一路赶来，虚惊一场。

沈公已经进京六十多年了，如今还会迷路。

沈公联想之神秘合唱

写罢上面的文字，我突然想起这样一个句式："永恒之沈公，领导我们走。"不管您是局级干部还是出版家，在我的心目中，您只是一位老者，前辈，平平常常的顺民。但您的身上，潜藏着一些永恒的东西，历久弥新，过目难忘。那是什么？这需要慢慢来悟，用一生的精力。由此引出一段离题万里的故事：

说起"永恒之沈公，领导我们走"，这句跹文是从歌德《浮士德》那里套来的。我十岁时，曾偷偷翻阅父亲的这本藏书，郭沫若译，其中的内容都没看懂，只记下插画中的美女，以及在全书结束时，有这样一首诗，后面两句记忆尤为深刻。那是"神秘合唱"中最后两句。全诗录于此:"一切无常者,只是一虚影;不可企及者,在此事已成;不可名状者,在此已实有;永恒之女性,领导我们走。"那么,歌德诗中的女性是指谁呢?她寓意着什么?这始终是一个谜,或曰一个学术问题。百年以来,《浮士德》有多种汉译本出版,这首诗被翻译成各种样式,词句换来换去,但每一种翻译都没敢擅动"女性"一词,只是到了机器人手上才有些变化,改称女性为女人,看来西方启蒙运动的历史,以及女权主义的知识输入不够。请看董问樵译:"永恒女性自如常,接引我们向上。"钱春绮译:"永恒的女性,领我们飞升。"谷歌德译汉:"永恒的女人,把我们拉上来。"谷歌英译汉:"永恒的女人,把我们引上水面。"哈哈。

前不久有人谈论女性的重要性,不慎表达产生歧义,被人一顿痛扁。就有人调侃他说:干吗不学一学歌德呢?学什么?当然就是《浮士德》中这句"神秘合唱"了，看看人家说得多好。好也学不了，因为背景不同，所思所想根本不同。现在我又把沈公拉扯进来，没办法，意识流，情之所至，思之所得。

谢其章：老虎尾巴的故事

几年前的一个下午，在上海一间咖啡厅，我约陆灏小坐。那时我还在海豚出版社工作，出版门类中有影印典籍一项，已经做了一些图书的影印项目。此次向陆灏请教，还应该做些什么项目呢？陆灏说："除了书之外，我觉得老杂志很值得关注。里面有许多好资源。"请谁来做呢？陆灏说，当然要找谢其章了。

陆公子一直十分看重谢先生的学问，在他编辑的报刊或策划的图书中，经常能见到谢先生的名字，比如《万象》《上海书评》《文汇报·笔会》和"海豚书馆"丛书等。谢先生时常评论海上文化圈，谈到上海陆灏、陈子善等朋友，也会流露出对那些人物的赞许，说能跟他们一起做文化，能在那样的媒体上写文章，真是一件很快乐的事情。

多年以来，我关注"关于书的书"，谢先生的多部著作如《旧书收藏》《老期刊收藏》《创刊号风景》《梦影集》《搜书记》等，都是我的架上必备。海外称赞其为"谢氏书影系列"，也是点到谢先生积年研究的成就与特点。所以陆灏提出请谢先生与我们合作，我当然是大为认同了。

说起来我在辽宁工作时，就已经跟谢先生有接触，有过信件往来，起点应该是《万象》杂志吧。那时我是"甩手掌柜"，不介入组稿工作，但跟编辑聊天，总会听到他们对谢先生文章的赞誉。近些年跟谢先生接触密切，他也会经常提到当年的《万象》，谈到能在那里发文章，一直十分看重。他还为《万象》停刊而感到惋惜，几次问我还能复刊吗，那会是一件大好的事情。

2009年我来到北京工作。在辽宁时，我来北京组稿算是很频繁了，但约见作者还是客客气气，有时有晌，最多是一个月来约见几位。现在真正落脚京城，工作节奏快了太多，工作效率更是成倍增长。想见哪个人物、哪位作者，可以随时安排拜访、邀请。至于做事的信任度和认同感，更是不可同日而语。比如我与谢先生的接触，也从那时起逐渐多了起来。他最初就鼓励我说，做文化还是要来北京，感觉会很不同。随着时间的推移，我越来越感觉到他的观点正确。

再说我们的关注点，自然是在谢先生的写作与出版策划上。谢先生底子厚、见识广、主意多，遇到他感兴趣的事情，极为勤快、用心。我们有难题需要向谢先生请教，只要提前一两天邀请，方便时他就会骑着专车赶来。我们或架上火锅，或一杯清茶、一个盒饭，一聊就是几个小时，彼此之间会有更多的了解。回顾一下，来京几年之间，我们做了哪些事情呢？

首先是在陆灏、陈子善策划"海豚书馆"时，谢先生给了很大的支持，编辑、整理书稿，如《东西两场访书记》（挹彭），《世载堂杂忆续篇》（刘禺生著，陆丹林注），还写了很好的评论文章。

其次是他的一部小书《佳本爱好者》，属于"海豚小精装"系列中的一本。这套书旨在"向文化精英人物致敬"，因此在制作上很下功夫，采取不同的装帧形式，使用较好的材料，推出形式不同的小开本精装书。因为制作复杂，成本较高，每年只会出版几本，所以收选作者比较谨慎。但我们约谢先生的书稿时，他却几次谦虚，最终同意加入，还提出几点要求：一是不要过于张扬，布面精装即可，强调中式风格；二是反对烫金一类西式技法，这是受张光宇先生的影响，主张简约的装帧风格；三是封面书题必须要横排，每次见到有竖排书题者，尤其是书题的字句断开排列者，谢先生一定要批评几句；四是书中插图要四色印刷，但不要随文走，采用铜版纸印刷，集中放在一处就好，这倒节约了我们的印装成本。

《佳本爱好者》书成之后，整体感非常好，但还是有两点感慨：一是我对谢先生的书关心不够，似乎没有像对止庵、韦力和王强诸位的书稿那么上心。为此我几次跟谢先生表示，有机会一定再次合作，做一次情感上的补救。闻此言，谢先生总是一副无所谓的表情，但我知道，他的心中还是很高兴的。二是书中有一段谢先生的调侃文字，谈到在海豚出版的另一本书，还涉及几位好友。我们审读时没有发现，引起一点风波，但也很快飘散。

由此想到京式调侃的风格，这些年与老北京人接触很多，能言善辩之人最为常见。比如王朔、马未都，都是谢先生经常称赞的人物。当然，谢先生的口才也不在话下。回想多年来请朋友聚会，召集者时常会说，一桌上请十位客人，不要都是老北京啊，不然他们斗起嘴来，此起彼伏，哪句话都不会掉到地上。再者，老北京的言辞貌似温和婉转，实则最擅长伪自嘲，或指东打西，或以假乱真，或真戏假作，让人摸不着头脑。这当然是地域的差异了，比如我的一位老北京朋友，我带他参加东北人聚会时，他听到满桌子东北人唠嗑，整顿饭乐得前仰后合，嘴都没合上过。出门后叹息：真是奇了怪了，东北人唠起嗑来，怎么都像赵本山小品似的呢！

再回到《佳本爱好者》话题，其中调侃文字，也是京派文化的表现。前些天韦力先生写文章，推介谢先生的新著《我的老虎尾巴书房》，题目就是《少了一些调侃，多了几分认真》。谢先生说，他的某些文字引起别人不快，许多时候，真的不是他的本意，而且他写作时，越是看重的作家，越会忍不住撩上几笔。比如一次谈到董桥先生，谢先生说，其实他很喜欢董先生的书，还会找朋友帮忙请董先生题字。接着谢先生又调侃起来，他说："我是把董先生得罪了。有一回董先生签售新书，读者排队像一条长龙。董先生签字历来认真，上款、钤印一个都不能少。及到他的朋友说，这本请题上款谢其章。董先生闻言，淡然说道我累了，此后的书只签名，不再题上款。"说到此处，我等纷纷愕然。再看谢先生，他的表情好奇怪：有些委屈？有些得意？还有些真假难辨。

扯远了。还是回到开头与陆灏谈的事情，说到老杂志出新的创意，辞别戊戌年，步入己亥年，草鹭文化公司策划礼品和衍生品，陆灏建议以老杂志的封面为由头，做一个笔记本。陆灏推荐用《礼拜六》的封面，我们向谢先生求援。谢先生说《礼拜六》确实好看，但封面很难找全。还是用《红玫瑰》的封面吧，它的题目好，而且每个封面上都是一幅民俗画，还有手写的一段诗一样的文字，堪称杂志封面设计一绝。我们遵循陆、谢二位建议，做成一套六册笔记本《红玫瑰》，成本不高，却人见人爱。节前还被几位时尚界创意大咖看中，新的一年会沿着这条路径，产生新的跨界合作。

当然更厉害的操作是对老杂志的整理。年前陆灏来京拜访友朋，还专门请谢先生、赵国忠先生吃饭，听谢先生讲老杂志的收藏掌故，欣赏赵先生收藏的《春明画报》等。其实在一段时间里，我们不断向谢先生请教相关的知识，他分门别类，条分缕析，实在太熟悉了，包括期刊史、期刊目录、存世状况、整理建议、分类题目、查找方式、市场判断、制作成本、出版状况等等。面对种种问题，谢先生都熟稔于胸。因此在不到一年的时间里，谢先生构建出一个"百年老杂志"整理的基本框架，以及一个丰富的选题数据库。即将出版面世的有《近现代美术期刊精品库（1872—1949)》《中国近现代文学杂志经典丛刊》《中国近现代期刊精品文库》等。单以《小说月报全集》为例，谢先生不但整理出民国时期三个版本的《小说月报》，而且将日本以及中国大陆、台湾地区的出版情况、删改情况、缩印情况、缺略情况等，都作了深入的分析，此次整理全部补全。

除了上面的工作，谢先生还在引荐专家方面，给我很大的帮助。几年前我曾经赞誉韦力、王强两位先生，一中一西，都是当代藏书大家，应该列为首席作者。那时我虽然久闻韦先生大名，并且有过碰面，但能够进入实质性的合作，还是要感谢谢先生的牵线。近些年韦先生名声大噪，著作一部接着一部，深受学界关注，市场也很看好。有一次我与谢先生聊天，谈到也希望与韦先生能有合作。谢、韦二位是老朋友，谢先生很快促成了我们与韦先生见面。几套书稿谈下来，又一尊神一样的人物，在我的心中冉冉升起。在大约一年的时间里，为韦先生出版了《砆痕探骊》《觅理记》《上书房行走》《琼琚集》《琼瑶集》多部著作。对此，我当然不会忘记谢先生的引见。

在韦先生的著作中，谢先生很看重《上书房行走》一册。这是韦先生不辞辛苦，在几年的时间里，采访几十位读书人家的书房，拍照访谈，构成的一本书。谢先生看重此书，首先是对韦先生一系列访书活动的赞许。其次有他自身的原因：一是其中有谢先生的"老虎尾巴书房"，他说韦先生在他的书房中，整整巡视两个多小时，他平生最爱之处，能够借韦力之口得以描述，使他的内心平添几分喜悦；再一是此书的名字，也是谢先生帮助韦先生起的，称"上书房行走"，多么巧妙的借用啊，一语之中，包含了多方面的关照。

顺便说说谢先生的爱好。除了爱书，他的口才极好，喜欢参加谈话类的活动。几次见到他参加新书发布活动，确实根底雄厚，思维机敏，巧于应对。谢先生时而开玩笑说，许多年来，难遇对手。我跟他说，王强先生可能更厉害，他不但有学问，而且是演讲天才，思维敏捷，言辞幽默，声音富有磁性。谢先生好奇，专门到网上找来王强的一段演讲视频，观后他感叹：王强果然有语言天赋，几十分钟的演讲只有一处打哏儿，其余都近乎完美，声音形象又好，难怪说他有话剧演员的职业功底。

除了上述事情，谢先生还爱好什么呢？接触多了，我曾总结他的日常轨迹：藏书、读书、写文章，欧冠、英超、做演讲，绝不陪人扯闲篇儿。不像我，爱好杂而无当。谢先生对我的爱好赞誉不多，只记得我写《六十杂忆》时，他多次点赞我写东北风情、知青生活，因为他也曾经有过在东北当知青的经历。谢先生还对我有两点遗憾：一是嘲笑我体育博爱，连中超、女排、CBA 都看，还是辽宁队的拥趸；二是感叹我那么好的工作条件，接触那么多名人、名品，怎么不搞收藏呢？可惜了。

最后说一说谢先生的新著《我的老虎尾巴书房》。这本书精装本印得好看，封面构图是谢先生亲自设计的。为什么要在上海交大出版社出版？他说出版社是为了接续江晓原《老猫的书房》。书中说到二十世纪九十年代，央视采访他的老虎尾巴书房；说到 2005 年央视访谈，聊

《青春之歌》与电影刊物收藏；说到他的文章《我与〈人民画报〉五十年》在二十几个省刊发，还被翻译成十几种文字。这些事情都让他感到欣慰，但更大的欣慰是谢先生对自己生活方式的建设，每年写文章、出书，最低追求只是为了卖文买书，多年算下来，可以打个平手，不是很好吗？当然，最让他喜欢的还是那六平方米的"老虎尾巴书房"，那是他精神生活的栖息之地，而且是他心目中唯一的净土，因为只有在那里坐定，他笔下的文字才会自然流淌出来。所以谢先生不能容忍有人不知道"老虎尾巴"的含义，无论背景与现实，你们都应该知道。不过当你读到书中记载的这段故事时，也会会心一笑：有一次谢先生的父亲厉声对他说："你为什么用'老虎尾巴'？这不是鲁迅的吗？"

再说谢先生的文字风格。大凡诸君写作，文章出彩的方法不同。拿相声类比，大师的包袱自然生成，让人笑由心生；等而下之者，靠的是惊吓和骚扰；不入流者，就是拍桌子、要掌声了。我还觉得，写作不但是一个时间概念，还会有某种空间感。有人喜欢庐山瀑布式，登高望远，追求文字如瀑布飞泻；有人喜欢三峡断水式，阻断水流，再突然开闸放水，激起浪花；有人喜欢自然流淌式，诗云"水随天去秋无际"，或曰"花自飘零水自流"，决不做人为的提升或阻断。

我读谢先生的文章，大有自然流淌的感觉。有说一个人的秉性与道德，在文章中是藏不住的。这也与谢先生做人真实、自然，不装、不掩相一致。读《我的老虎尾巴书房》，用情节制，用字洁癖，每件事的细节都理得清清楚楚，有头有尾。并且谢先生文字追求平铺直叙，如静水轻流，不见波澜，不见包袱，不见作秀，充溢着对世人情感的理解，以及对历史文化的尊重。正如韦先生所言，避开尖刻的京式调侃，文章的整体感更加趋于完美。

但如果让我挑选最喜欢其中的哪一篇文章，我会说是《邵洵美，一个人的杂志画报史》。文章让我感动的，不但在邵洵美的故事，还在谢先生对出版人的尊重。他开篇即写道："林淇先生在邵洵美已有的那么多个'家'（散文家、翻译家、诗人）的身份之后，又加了个'集邮家'，其实这些家都不足以概括邵氏的事业，出版家才是最要紧的。"谢先生在文中历数邵洵美在出版方面的贡献，其中有一段故事让我动容："三十年代有一幅很有名的漫画《文坛茶话图》，人物众多，集一时之盛，画中有鲁迅、巴金、茅盾、林语堂、冰心、周作人、郑振铎、沈从文、叶灵凤、郁达夫、老舍、施蛰存等，而'坐在主人地位的是著名的孟尝君邵洵美'。"如今出版界，哪里还有那样的表现与人物呢？

张冠生：书中日月，纸上乾坤

——《纸日月》序

2013 年，张冠生《田野里的大师》在海豚社出版前，邀沈昌文先生和我为之作序，我没敢落笔。当时的想法，一是因为有沈先生在前，我不敢与之并列。再一是多年以来，我与冠生兄文事交往，从辽宁到北京，从费孝通到沈昌文，时隐时现，时密时疏，诸事深在念中，终为君子之交，清流如许。而冠生兄面上为人谦和，性情内敛，文章风格却内力强大，笔锋遒劲，也让我落笔作序愈发有几分胆怯。

如今拿到冠生兄新著《纸日月》，未及阅稿，冠生兄已旧事重提，希望我补救前事的缺失，这次一定要留下文字。怎么办？看来是推不掉了。我只好在数月之内，将冠生兄多年著作一一找出，细细翻读，是重温，更是学习。文章阅罢，我的胆怯之情没有减弱，写作欲望却喷涌出来。由此想到前些天，我与深圳文坛大哥式的人物胡洪侠先生结伴去香港，大侠有个习惯，对年长的朋友也以大哥相称，其中"冠生大哥"叫得最为亲切。此刻阅读冠生兄的文字，我竟然也产生了呼唤大哥的欲望。

阅后思考数日，其中可以圈点之处极多。且择出些与我相关的线索：其一是沈昌文先生，这个话题时日悠长，可以回溯到辽宁教育出版社时期。那些故事隐在冠生兄的笔记中，外人看不大明白，我读起来却恍然如昨，时时惊叹。其二是费孝通先生，每见世人称赞冠生兄读书方法最见功力，究其源流，受费孝通先生影响至深。一招一式，种种追求，都可在冠生兄的文字中得到印证。其三是冠生兄本人善读，感悟极多，落于笔端，颇见真实性情。从《纸年轮》到《纸日月》，年、月、日一字排开，书目开得清清朗朗，很能表现一个人的学养与兴趣。我的种种感觉中，一是敬佩，一是想读，一是惊奇，一是认同。当然，我最看重的，是这最后一点。

一

先说沈昌文先生。我结识冠生兄，应该是沈先生的线索，推而到三联书店吴彬、《读书》杂志云云。沈先生为《田野里的大师》作序时说，他与费孝通先生交往，源于冠生兄。沈先生称费老是他做事的后台，时常登门拜访。说起费老耳提面命，话语间也是一种骄傲和寄托。冠生兄在费老身边工作，骨子里是读书人，工作中接触沈先生，虽然隔了辈分，但心性相通，交往日益深厚，也是自然的事情。何况费老一直对沈先生印象极好。冠生兄在《费孝通晚年谈话录》（以下简称《谈话录》）中记载，1997年6月13日，费老对他说："我们这一代人死得差不多了，还在的也团结不起来。都让'反右'和'文化大革命'搞乱了。你们这一代应该还可以。沈昌文不错，多同他保持联系，多占领些阵地。"

正是在二十世纪九十年代，沈先生退休，离开三联书店，经赵丽雅介绍，开始与辽教社合作。那时我任辽教社社长，非常敬佩沈先生的出版理想，立志追随他做事，长期以来，形成了一个既定的工作模式。在这里，以费老在沈先生文化布局中的重要地位，他们的思想和行为，必然会在我们的工作中产生重要影响。

比如，那时沈先生在郑州组织"越秀学术讲座"，多次请费老到场演讲。后来沈先生又将这种活动移植到沈阳，举办"爱书人俱乐部讲座"。虽然费老未能前来，但沈先生总会不断提到以往费老的支持与鼓励。再有，以《读书》为先导的作者雅集，费老也会参加。后来沈先生离开《读书》，又以《万象》、"新世纪万有文库"等名义，组织一些活动。我记得1998年，沈先生多次向我提到，费老希望不定期地组织一些老先生聚会，见见面，谈谈天，戏称"思想操练"。近读冠生兄《谈话录》，果然见到1998年6月13日一段记载："随先生往华北大酒店姑苏厅参加雅集活动。系沈昌文先生依据费老嘱咐所邀集。"参加者有费孝通、曾彦修、庞朴、蔡仲德、资中筠、陈乐民、龚育之、王蒙等。有一点说明，那时沈先生、陆灏先生经常在京沪等地，为辽教社组织邀约书稿的活动，网上有帖子说："辽教社提供支持，脉望时常呼朋唤友，召集各界名流聚会，俞晓群埋单，却不大露面，经常是王之江、柳青松等人到场招呼。"此中"脉望"即沈昌文、吴彬、赵丽雅和陆灏，所以冠生兄《谈话录》中，多处记事涉及辽教背景，却不见人影，也是实情。

那时辽教社出版费老两部重要著作：一为《往事重重》，吴彬组稿，放入"书趣文丛"第五辑；再一为《甘肃土人的婚姻》（与王同惠合译），沈昌文组稿，放入"万象书坊"。冠生兄《谈话录》中有多次记录，比如，费老交稿时间，费老题写书名"往事重重"，费老看封面小样、版式、印装工艺等。还有《甘肃土人的婚姻》译序在《读书》发表时，冠生兄为之命题曰"青春作伴好还乡"，得费老赞许。以及1997年7月1日，冠生兄接到沈先生来信，其中提道："《甘肃土人的婚姻》一书译稿经与出版社方面交换意见，社方认为该著收入'新世纪万有文库'恐印装过于简陋而对不起费老，故拟作

166

为学术专著单行本印行，以示郑重。"读到这些记载，我不断感叹，此番阅读冠生兄著作，意外收获实在不少。

另外，1998 年 10 月 26 日，费老对冠生兄说，找一下沈昌文先生，他的《温习派克社会学札记》可交《万象》连载。到次年费老九十岁生日欢聚会前刊完，并结集赠送亲友。此长文一直刊载到 2000 年，有八万字。

二

多年来冠生著作颇丰，其中有两部让我记忆深刻。

其一是《世纪老人的话——费孝通卷》，2003 年辽教社出版，主编林祥。"林祥"者，实为孟祥林先生。祥林兄在科学院读研究生时，就是我的好朋友。后来他在国家机关工作，帮助我组织了几套极有影响的好书，像《世纪之交，与高科技专家对话》，获国家图书奖；还有这套口述历史"世纪老人的话"，陆续出版数十部，包括钟敬文、季羡林、任继愈、严济慈、施蛰存、张岱年等，后来也获得国家图书奖。我是这套书的出版者，但当时组稿工作，我全权交给祥林兄完成。他花费几年时间，找寻很多文化大师身边的人物，录音，录像，整理照片和一些原始资料等等，整个工作极有价值。其中《费孝通卷》，就是请冠生兄出山，写出这部极好的著作，我还是此书的责任编辑。冠生兄在书中说，费老非常支持这件事情，赞扬这是一种"文化自觉"的表现，也是一种"文化继替"的努力。1998年5月17日，《谈话录》记载费老读顾颉刚《历劫终教志不灰》，还说道："请沈昌文到家里来谈，我们谈一谈，抓紧时间把老一代的想法留下来。"可见费老对此类著述出版工作的重视。

其二是 2008 年，冠生兄整理、沈昌文口述《知道——沈昌文口述自传》。此事让我颇受到震动。从二十世纪九十年代与沈先生结识，我的团队一直有两个愿望：一是为沈先生出版著作，再一是写一本关于沈先生的故事。

对于前者，本世纪初，我们希望出版沈先生的《阁楼人语——〈读书〉的知识分子记忆》。后来辽宁审查通不过，结果沈先生拿到作家出版社出版，我就觉得很没面子。再后来我离开辽教社，沪上王为松与陆灏联手，在上海书店出版社组建"海上文库"，出版沈先生《最后的晚餐》和《书商的旧梦》，书装优雅怀旧，满纸海上遗风，让我越发痛心疾首。我做事每遇失败，最不愿埋怨客观原因，只觉得自己无能。所以后来离开辽宁，在北京一本接一本出版沈先生著作，有《八十溯往》《也无风雨也无晴》

和《师承集》等，即有一种心理补偿的愿望。不然我口口声声说自己是沈先生的徒弟，遇到该做的事情，却四处找原因，躲躲闪闪，那算什么呢？

对于后者，我的团队中有王之江先生，他最有见识，早年多次提醒我说，沈先生的事情要记录下来，整理成书，一定很有价值。当时我希望他能来做，但后来因为环境所迫，他离开辽宁，去了天津南开大学做教授，我想他手头也会有遗留的资料。此番见到冠生兄的《知道》在花城出版社出版，我再度心生遗憾，同时敬佩他是有心人，这一步占了先机。直到前不久，我还对冠生兄说，版权到期，拿到海豚社再重出一下吧，冠生兄满口答应。这也是我那一段心境的余绪。

后来台湾大块文化郝明义先生一直追踪，请沈先生写回忆录，即后来出版的《也无风雨也无晴》。我印象中沈先生写此书也有三五年时间，郝先生是华文出版界头牌人物，他为此书多次与沈先生交流，书做得真好。2012年出版，我就与沈先生说：大陆版由我来出版吧？但沈公说三联书店要出，一定让三联首选。我知道沈先生的"三联情结"，自然一如既往，不会说什么。有一天沈先生告诉我，三联的人说，书中有些内容不太合适，或者要删去一些东西才能出版。他沮丧地说："算了，海外版我已经删了很多文字，如果还要删，就不出大陆版了。"直到2014年，我几番央求，他才答应出海豚版。此为另一段题外话。

三

如今冠生兄文字愈来愈多，底蕴也愈加深厚。人言名师出高徒，虽然冠生兄总谦虚地说，跟随费孝通先生做事，自己不是费老的弟子，不是学生，只是书童。以冠生兄的才学与勤奋，辅以岁月的累加，如今我读到了冠生兄厚重的《费孝通》传记，还有沉甸甸的《从前的先生——盟史零札 1939—1950》札记，还有《田野里的大师》《纸年轮》《费孝通晚年谈话录》……

从这些文字中，我们可以清楚地读到费老的思想踪迹。现在我就从冠生兄的著作中，摘下几段费老关于"书与人"的论述：

1993 年 6 月 12 日：费老说："我到甘肃去，看到很穷的农民保留着很老的书籍。对于这一点，顾颉刚都惊奇。我在江苏太仓看到农民家里有酒吧，但楼上楼下没有一本书。"

1993 年 7 月 10 日：费老读"中华魂系列丛书"之《日之魂》《月之魂》，还有《东方和平主义源流》。对于"东方魂"，费老说，文笔很好，功力差些，能看出读了不少书。他不是从事实出发，提炼出主题，而是先有一个主题，把资料集合起来。年轻人，能这样已经不错了。

1993年7月12日：费老评价许倬云《中国文化与世界文化》，这本书写得不行，他是用英文思考，用中文写作。架子大，不集中，立不起来。同日读李约瑟《四海之内》，费老说，好看。他懂的东西真多啊。国内还活着的人，在这些问题上有水平的人不多。费老还谈到，我喜欢老舍，有骨气。曹禺就可惜了，投降了，向庸俗投降。为了个官儿，丢了本色。巴金没投降，但写了《家》之后，也没拿出像样的东西。这些人让政治害苦了。郭沫若本来有志气、有才华，出卖了灵魂，东西就不行了。金克木的东西怪，面也宽，什么都想说一说。张中行境界不够。冯亦代是个用功的、老实的好学生，文章也正，但现在这样的文章不吸引人。吸引人的是王朔。王蒙还算可以，他在一些事情上表现得还算有点气节。另外费老还要看《梁漱溟全集》和《三松堂全集》。

1996 年 6 月 30 日：费老说，我的文章是学龚定庵、魏源，文章背后有他们，别人看不出来。我很遗憾，"反右""文革"期间，没有像潘先生那样读书做卡片。怨我自己，我那时失望了。人会死，文化是不会死的。不是人挑选文化，而是文化挑选人。

1997 年 2 月 1 日：费老说，《塞莱斯廷预言》激动了六百万人心，它提出一个问题：西方文化到哪里去？我的《行行重行行》回答了一个问题：中国农民怎么富起来？

1997 年 5 月 5 日：费老说，孔子是素王，不是荤的。不是实际的王，是文化的王，思想的王。

1997 年 6 月 13 日：费老说，我现在的阵地分三层。通俗的给《半月谈》，再上来一层给《读书》，纯学术的给《北大学报》。

1999 年 5 月 11 日：费老说，韦君宜这本《思痛录》我看完了。写得不好，没有深一层的东西。叶老（叶笃义）这一本《虽九死其犹未悔》不错。他很不容易。这么多事他都记得住，厉害！

1999 年 6 月 10 日：费老说，我最近看了不少写上一代知识分子的书，比如陈寅恪，他一定要在明朝到清朝的知识分子当中，找到他可以通话的人，所以写《柳如是别传》。

1999 年 8 月 3 日：费老说，西方有个亨廷顿，写了一本《文化冲突论》。他认为，民族之间文化不同，一定是要冲突的，不会团结。他代表的这种思想，同我们是根本抵触的。

以上集录费老品评书和人，取自冠生兄《谈话录》，未完全抄录原文。还有两段话值得记录：一是关于费氏家族的祖先，为什么认定为费祎？费老说，他是诸葛亮的接班人，我们的家谱就从他开头。往上不敢说了，据说还有一个商汤时代的人，名声很坏。子孙不要把他放到家谱里边去。二是在1993年7月间，费老曾提到，要看"中国地域文化丛书"，像吴越文化、齐鲁文化、荆楚文化……听说有这样的书？冠生回答："有，是一个系列。"看到这里，我的汗都要流下来。此套书是辽教社出版，我还是主编，我赶紧翻看冠生兄后面的记载，未见下文，吓得我直到现在心还悬着，唯恐费老看出一些破绽，指责一二。

四

此番冠生兄《纸日月》在海豚社出版，实为他前著《纸年轮》的接续。年年月月日日，只是一个标记，却使读书生活温暖着我们的身心。在时间选择上，《纸年轮》总括百年中国阅读脉络，以一己之见，每年选一册书，作为历史文化的标志；《纸日月》则以日、月为经纬，精雕细刻，编制出一首纸上文字的交响曲。

这样的阅读笔记，言人人殊，但很能看出作者的背景、志趣与水平。当然作者与读者的阅读都是开放式的，横向与纵向，至上与至下，时间与空间，都留下很多思想漫步的天地。我在阅读中，就得到许多自然的感悟。

其一，我在冠生兄的身后，经常可以看到费老清晰的身影。比如《纸年轮》起笔于辛亥年，冠生兄记载的第一本"书"，就是费老曾经提到的杂志《少年》。费老在十四岁时，在上面发表第一篇文章《秀才先生的恶作剧》。当他看到文章登载时，"突然惊呼起来，一时不知所措"。另外，与费老相关的著作还有《江村经济》（1986）、《历劫终教志不灰》（1997）、《中和位育》（1999）等等。还有许多费老提到的书和文章，可以经常见到。

其二，冠生兄摘录关于书的论述，深得我的认同。比如《纸日月》中摘录的几段文字：

陆费逵论出版商："书业商的人格，可以算是最高尚最宝贵的，也可以算得是最卑鄙最龌龊的。此两者之判别，惟在良心上一念之差。"（《陆费逵与中华书局》）

董桥论私人藏书："私人藏书，始终是书籍史上重要的一环。历代藏书家的盛衰浮沉，历代藏书的聚散变动，研究起来，想来是一个非常有趣的题目。"（《藏书记》）

钟叔河论《走向世界》，他很欣赏法国诗人缪塞的一句名言："我的杯很小，但我用我的杯喝水。"这本书就是自己的杯和水了。（《书前

书后》)

上海总商会致函上海书业公所，表示在查禁淫秽读物之事上政府"耳目难周"，希望公所敦劝同业不予销售，应比官厅取缔效力更佳。为此于函末附"淫词小说"四十一部书目：《此中人语》《帘外桃花记》《快活》《风流皇帝》《国色天香》《马屁世界》《野草花》《瑶台传》《苦尽甘来》《株林野史》《鸳鸯梦》《女学生秘密日记》《隔墙桃花记》《留东外史》《小姊妹秘密史》《武则天外史》《说苑》《新风配》《新鸳鸯谱》《玉楼春》《隔帘花影录》《牛鬼蛇神之情场》《金屋梦》《浪史奇观》《绣榻野史》《绘图野叟曝言》《金瓶梅》《家庭黑幕》《挂枝儿夹竹桃合刊》《无底洞》《桃花庵》《改正全图贪欢报》《绣像全图足本醒世录》《牡丹缘》《三世报》《绘图素梅姐》《痴婆子传》《杏花天》《和尚奇缘》《情海奇缘》和《风流奇谈》。(《百年

书业》)

博尔赫斯在纽约笔会俱乐部说:"我知道我命中注定要阅读,做梦,哦,也许还有写作,……我总是把乐园想象为一座图书馆,而不是一座花园。"(《博尔赫斯八十忆旧》)

中华书局在《申报》刊出广告,就其业已出齐的《四部备要》征求该书校勘错误之处,表示"正误一字,酬银十元"。(《陆费逵与中华书局》)

其三,冠生兄所列书目,其中有许多书也是我的挚爱。比如《纸年轮》中,《亚里斯多德》(1920)、《古史辨》(1926)、《理想国》(1929)、《鲁迅全集》(1958)、《宽容》(1985)、《随想录》(1987)、《顾准文集》(1994)、《徐铸成回忆录》(1998)和《娱乐至死》(2004)。再如在《纸日月》中,冠生兄读书极多,其中也有一些常见于我案头上的著作:《岫庐八十自述》《知识分子的背叛》《张申府访谈录》《蔡元培全集》《苏联纪行》《书的礼赞》《舞台生活四十年》《陆费逵与中华书局》《张元济书札》《四海之内》和《阅读史》等。

好了,大量的信息都在书中,有兴趣的读者尽可以跳进去——冠生兄展示的那一片阅读海洋,清凉而惬意,实在太诱人了。

江晓原：从天学到性学

在我的朋友中，江晓原是一位具有神性的专家和文化学者。我这样说并非调侃，晓原早年的学术研究神秘莫测，近些年熔铸新知，积累有成，越发大神了。

天学

说起来我跟晓原相识太久，大约在二十世纪八十年代初，我刚从数学系毕业，做数学编辑，联系中国科学院科学史研究所专家，主要在数学史方面。那时科学史界一些风云人物，前辈有李俨、钱宝琮、严敦杰、杜石然，中坚有陈美东、郭书春、潘吉星，新派有王渝生、刘钝、廖育群、江晓原等。人们时常议论、评价晓原，因他是席泽宗的研究生。席先生是中国科学史界唯一一位院士，晓原是改革开放后，席招收的第一位天文学史博士。大家说他有学问、有才华，兴趣广泛，还有些另类，不是腐儒式的人物。

我真正结识江晓原，是在 1989 年末。那时我在辽宁教育出版社做副总编辑，京城有几位好朋友，《光明日报》评论部的陶铠、李春林、梁刚建，建议我们搞一套"国学丛书"。为此建立一个编辑部，请来葛兆光、王焱、冯统一等青年才俊帮忙。讨论作者时，葛兆光提到江晓原，说他很厉害，可以请他写中国天文学史方面的著作，或者写中国性学史方面的专题。

最终科学史所有三位学者列入作者阵容，刘钝《大哉言数》、廖育群《岐黄医道》、江晓原《天学真原》。1991年我终审书稿，把审稿意见发在《光明日报》上，题曰《国学中的自然科学》。此时我被晓原的著作感动，1992年又写评论《天学的真谛》，在《读书》上发表。晓原看到后很高兴，来信对我说："友人戏称《天学真原》是'领导新潮流'——因为有些青年人正打算或已经在《天学真原》的思路的启发下向另一些学科进军，如化学史，地理学史等等。"两年后他的《历史上的占星学》出版，我又在《读书》上发表评论《透视历史的苍穹》。

1996年初，我们在一次学术会议上首次见面。初始印象，晓原一身清淡服装，一双洁白的运动鞋，谈话清清朗朗，逻辑缜密，底蕴深厚，思想老道，说是青年学者，后面已经有一大群追随者前呼后拥。此时我们交情日深，虽然他只长我一岁，但我对他的敬重还是超乎年龄的。比如许多年来我出版著作，一般只请出版业内人士赐序，大多被沈昌文先生一手包办。但有两本我颇为看重的著作：《数与数术札记》《五行志札记》，都是请晓原赐序。内心中还是忘不了当年晓原的《天学真原》对我思想走向深深的影响。

转眼二十几年过去，往事历历如昨。晓原的天学研究已经成为经典，一部部重要著作面世，如他自己总结："关于中国古代星占学的理论基础、运作体系、占辞结构、分野学说、数理工具、运作技巧等等方面，我以前先后在五本书中有所涉及：《天学真原》《星占学与传统文化》《世界历史上的星占学》《中国星占学类型分析》《天学外史》。"2013 年，他又将《中国历史上的星占学》与《世界历史上的星占学》两部著作整理了出来，奉献给读者。

性学

可能是组织"国学丛书"时受葛兆光影响，我很早就跟晓原提出，能否将性学研究的著作交给我来出版。1993 年初，他在来信中写道："我手头正在做《历史上的占星学》一书，数月后当可完成，届时我在天学方面的写作将暂时告一段落，终于可腾出手来，重新回到先前那个较为庞大的中国古代性文化研究计划上。初步考虑，在此计划中，有两个小书的选题，愿请吾兄指教：其一为《长生梦中的性学》，专门考论房中术之源流、演变及性质、成就、中外交流等；其二为《性张力下的人生》，专论礼数、纵欲、性心理、性文艺、性变态及娼妓等问题。根据已收集的史料及详细提纲（皆为着手写《天学真原》之前已拟就者），此两题俱将作十几万字。"由此可见晓原研究性学起步之早。但后来我的工作变来变去，还受到环境的影响，始终未能拿到这些书稿。

2009 年我来到北京海豚出版社工作后，我又向晓原组稿。他说科技史类的书稿，都在一些专业出版社立项出版，放到海豚不太合适。我说性学史研究呢？他说只有文章，没有再写著作。我说把文章集合起来，不就是著作了吗？他说好主意，他还说很喜欢我的《人书情未了》，那个目录编得真讨巧，五个字构成五个章目。于是他产生了编写《性学五章》的创意。他在后记中写道："我在上个世纪八十年代偶然介入性学研究，到今天已经将近三十年过去。其间我在性学方面出版过四种著作——比较重要的是《性张力下的中国人》和《性感：一种文化解释》，前者已由至少四家出版社多次再版——包括盗版。同时我也在性学领域进行着'跨文本写作'——既有在国际著名汉学刊物上发表的学术文本，也有在时尚杂志上发表的大众阅读文本。不知不觉，已经积累了不少文章，晓群兄建议我将这些文章编一个集子，这个念头我先前倒还没有起过。"

这本书出版时几经审读，顺利通过，精装版上市后一版再版，还出了简装版。有一次我问晓原：研究性学史，会给你带来哪些麻烦吗？他笑着说，会有领导含蓄地提醒，也不知该提醒什么。但有一段时间，他在上海电视台讲座，连出租车司机都认出他了，还是少讲吧。其实晓原的研究思路很理性，正如他在后记中还写道："有一句西方文人喜欢说的大话：我们正在创造历史（另一版本是：我们见证了历史）！其实只要参与了某个历史事件，他们就喜欢这样说一说。如果仿照这样的用法，我或许也可以说这句话——至少我曾经是'国家一级学会'中国性学会的发起人之一，后来我是这个学会的常务理事，还担任上海市性教育协会的副会长。"

2019 年上海人民出版社出版《性学五章》增订版，又收入几篇新文章，有一篇《〈黄面志〉中国影印版序》写得真好，我阅后叹息：论此门学问，当代学者无出其右者。但前辈中还是有更厉害的人，比如梁实秋，就超然于今人之上。晓原写道："两年后的 1925 年，梁实秋在美国的旧书店买到一册《黄面志》，引得他在 1925 年 3 月 27 日的《清华周刊·文艺增刊》第九期上发表了《题璧尔德斯莱（比亚兹莱）的图画》一文，大发议论：'雪后偕友人闲步，在旧书铺里购得《黄书》一册，因又引起我对璧尔德斯莱的兴趣。把玩璧氏的图画可以使人片刻的神经麻木，想入非非，可使澄潭止水，顿起波纹，可使心情余烬尽，死灰复燃。一般人斥为堕落，而堕落与艺术固原枝也。'为此梁实秋还被引动了诗兴，做了一首题为《舞女的报酬》的新体诗，咏叹的是比亚兹莱为之作插画的王尔德（Oscar Wilde）的诗剧《莎乐美》（Salome）中的故事。"

注意梁氏文中的性心理描写，其文字之美，无以复加；意境之深远，更让人拍案叫绝。再反观江氏文章，深得文宗要领而亦步亦趋。所以说，新版《性学五章》上市，新增文章也是一个亮点。

餐聚

有二十年了。我每到上海，总会打个电话，晓原兄有时间吗？好友聚会，敬请光临。通常他只要在沪，一定要来的。来时一身休闲，一袭圆领衫，一双休闲鞋，近年越发气韵清馨，温润如玉，面如敷粉，目若朗星。表情自然微笑，说是慈眉善目有些夸张，但他眉毛很长，从眉梢延伸到脸颊，他说是遗传，随他父亲，有些碍事，时常需要修剪。他不时还要帮助父亲修剪，那可是长寿眉啊。

有一个时期，晓原废止晚餐，过来喝茶，又经不得美食诱惑，还是不去吧。但有事相商，友情相叙，还得要忍着。晓原不喝啤酒，白酒、黄酒可以小酌，爱吃肉，美味都不放过。

餐桌上谈什么？来者大多是陆灏的朋友，文史学者居多，晓原出身理科，他的知识结构自然多出一大块，再加上他本人悟性超群，思维奔腾跳跃，越是跨界、边界问题，他越会仰天俯地，随机应答，诸如牛顿、李约瑟、霍金、玄幻、科幻、伪科学、人工智能、科学主义、人类的命运，还有：暗物质是什么？机器人会危害人类吗？人眼看世界可以见到多少？唯物主义怎么解释？霍金的金鱼缸理论是怎么回事？平行宇宙是否存在？上帝是否存在？鬼魅是否存在？外星势力会是什么形态，动植物，或者微生物？何时会入侵地球？机器人能够成为人类的性伴吗？在我们餐桌周围，人眼不可见的百分之八十五，会是什么？Ta们在注视着我们吗？

越说越吓人了。还是研究一下健身、跑步、减肥、神药、养老，近来我们经常会为老年的必然到来而叹息。谈到人体机能的变化，它受到三大因素的主宰：一是遗传，再一是机体必然的衰老，最后才是抵御外在的伤害。所以要建立那样的观念：一个人需要平安、平静地活着，锻炼不是万能的，它只是一种辅助的措施，让我们保持良好的状态，自自然然地走完地球上的生命过程。

更多的时候，我们俩在谈出版。他遇到问题时会问我：品牌认定、新版再版、版权期限、版税标准，何为著？何为编？何为主编？何为策划？各为怎样的付酬标准？他谈问题注重细节，刨根问底，而且所知极多，所以彼此交流，不是三言五语可以敷衍的人。

时而桌上会有其他出版人在场，他们都不会放过晓原。比如贺圣遂老师，他在任复旦大学出版社社长时，有"组稿圣手"之称。而且他酒量巨大，我去上海，与南方诸君对饮，少见等量之人。我当然不是贺社长的对手，况且他怎么醉都不耽误谈稿组稿。那天晚上，晓原、贺社长和我小聚，我谈《性学五章》，贺社长行若无事，等把我灌得晕头，他却悄悄跟晓原谈下《科学外史》。这本书半年后上市，获年度大奖。事后贺社长还笑嘻嘻地对我说，能出版这样的好项目，也有晓群的功劳。

王　强：谜一样的人物

　　公元 2018 年元旦，我从杂乱的书架上取下王强的《书之爱》，小三十二开本，二百余页，出版于千禧年 1 月。时隔十八年，我还能信手把它翻拣出来，捧在手中，知道为什么吗？

　　因为在十八年间，它始终与一些书聚集在一起，供我日常工作和写作时翻读。它们都是"关于书的书"，其中包括书话、笔记、随笔，古今中外都有。在我的观念中，此为"知书"的一个重要门径，历来被爱书与藏书者看重。查尔斯·兰姆步入暮年时说："现在我从书中得到的乐趣已经少了许多，但依然喜欢读谈书的书。"

　　王强是一位爱书成癖的人，他赞美兰姆的

喜好，还推崇收藏家罗森巴赫的观点："这世界上最伟大的游戏是爱的艺术，此后最令人愉悦的事情是书的收藏。"所以王强喜欢读"关于书的书"，乐于写"关于书的书"，他说："那是爱书人关于书的情书，是阅读者关于爱书的告白。"

此时，我取下这本小书，还有另一个原因，即彼此在爱书观念上的相通。王强在《购书记》（1998 年 4 月 22 日）文中称，时下书话流行，但"缺少书情、书魂，有知无识、有识无趣者居多"。在王强心目中，"入流之'书话'需平心静气，细斟慢品之后可得。故虽落为文字，终当如饱学之士茶余饭后之闲聊，情动于中，发为声则如行云如流水"。文章及此，王强仅赞赏施康强的著作《都市的茶客》和《第二壶茶》，前者正是"脉望"策划，即沈昌文、吴彬、赵丽雅和陆灏所编"书趣文丛"中的著作。

对应过来，记得初见王强《书之爱》时，

沈昌文赞不绝口，由此引发出许多创意。诸如读到《文学绞刑架下的雄鸡》，让我们知道扎米亚京的《我们》，引出"反乌托邦三部曲"的出版；读到《书之爱》，引出理查德·德·伯利《书之爱》的翻译出版；读到《厨烟里的大仲马》（2003年王强为《万象》写的文章，后来收入此书），勾起我们寻找大仲马《烹饪大辞典》版本的热情。还有2008年，我写文章《别吵了，索引时代已经降临》，落笔前我把王强的《书之爱》找出来，认真阅读其中的文章《关于索引》。

有朋友说，将来，王强的这本小书一定会成为经典，经久流传。哪还用将来呢？在过去的十八年间，它一直为出版者和读者爱恋。不仅有繁体字版推出，还以《读书毁了我》为名增订出版，一版再版，在市场上始终保持着销售热度。

2017 年岁末，王强在微信上给我留言，他谈到《读书毁了我》又要有新版推出，回忆小书初版故事，回忆书友交流的流年碎影，回忆积年藏书的乐趣与感慨。最终他说：晓群，为那一点念旧的情绪，您能否为新版写点什么？

就这样，我又取下它，再次翻读，见到阿尔伯特·哈伯德的金句：何谓经典？就是永远占着书架又永远不被翻读的书。王强说，我们可以稍加改正：经典是永远占着书架又永远不会被你翻读完的书。于是，我想到那些"关于书的书"，想到几十年来我从事出版工作，不断找寻那些经典旧著，把它们一本本整理出来，重新印刷，献给读者的故事。心中笃定，王强的这本小书，历经岁月，必然会再现那一幕"拿出来重印"的情景。

读下去，没想到十八年来的情绪，再一次笼罩我的身心：王强真是谜一样的人物！初读时我这样想，再读时我的感受依然如故。短短十几万字，到处都是关于书的伏笔与疑问。即使这些年当面交流，解开一些谜点，但还会有更多的问号涌现出来：

其一，读王强文字，时时给人激情四射的感觉，且与寻常阅读比较，似乎有些异样。比如他在《巴格达之行》中写道："世界？一个没有目的地的目的地。一个巴格达中的巴格达。一种欲望中的欲望。一片梦境中渐渐清晰的梦境。这就是'巴格达'所给予我们联想的全部魅力吗？"阅读这样的文字，你是否有一种跳跃的感觉？还有某种韵律在掌控着你的呼吸。最初我有些困惑，但最近有两件事情，让我有所感悟。一是王强在北京大学读书时，曾任北大学生艺术团第一任团长。后来的"新东方三驾马车"，最初正是在这里结交的：徐小平是北大团委文化部部长，艺术团的组建者；俞敏洪是王强的同班同学、好朋友，艺术团的重要观众，王强调侃他为了看演出，时常来"帮艺术团拉大幕"。谈到艺术造诣，王强的声音和朗读最具天赋，后来他在新东方授课时，倾倒无数学子。再一是前些天，王强建议我编一本《伊索寓言》朗读版，中英文对照，分别由他来朗读。对于中文，他说要自己来重译，使之符合朗读的文字特点。哦，我明白了，上面那一段文字，你如果读出声音，就会感受到王强文字的风格所在。

其二，品王强文章，有人说他西书读得太多，译著读得太多，思维与文风都受影响，时而文字有些"涩"，还有些"掉书袋"。于是问题来了，豆瓣网上竟然有数百条读者留言，网友们问题连连，其中不乏一些极好的追问和解读。我整理几段如下：

这是励志的书吗？不是，很少见到成功人

士写这样的书。王强翻译过书吗？《购书记》（1997年4月14日）："今日始译惠京嘉之名著《中世纪的秋天》。用芝加哥新版。"能说王强"掉书袋"吗？一位书友写道："王强在一篇文章里，掉书袋掉了那么多次，像钱锺书一样。虽然几乎要烦了，可是也不得不承认他读书多。"为什么许多书都没见过、没听说过？因为王强所谈书多为外文原版书，多为被藏家青睐的书，多为有趣且不落俗套的书，比如《穷理查的历书》《左撇子》《犹太书籍年鉴》《莎士比亚笔下的动物》《误失类编》，让我们感到生疏。有书友写道："这些书不被人提及，并不是因为不重要，而是因为这个时代，不读书毁了太多人。"

其三，看王强选书，他把找书喻为"狩猎"。第一狩猎场是图书馆与学者文集，第二狩猎场是书店。漫步图书馆，他主张只记不借，记下书名、著者、出版商及时间。他称学者文集为"猎书地图"，他不喜欢有些学者"隐藏猎物的踪迹"，那是取巧和不自信的表现。他更喜欢像钱锺书、周作人那样坦诚的大学者，即使有人讥讽他们掉书袋、文抄公，但他们敢于把自己思想的轨迹昭示出来，他们的"引文"或"注脚"，正是猎书者的指南或向导。比如王强购买霭理士《性的心理学研究》七卷，还有理查德·伯顿英译《香园》和《天方夜谭》，都是读《周作人文集》记下的书目。

其四，听王强评书、评作者、评书店、评出版社，妙语极多。此处且择几列：陈原《书和人和我》三联版，外封雅，插图亦精；《生活与博物丛书》上古版，极厌恶此书题，不识货者只当是市面流行之常识一类；"柯灵散文四卷"远东版，柯文淡，余所素喜者；俞樾《茶香室丛钞》中华版，喜其名；杨周翰《十七世纪英国文学》北大版，其文简而内蕴丰富，谈英诗不可不读王佐良，谈英国文学史不可不读杨周翰；钟叔河《书前书后》海南版，文多短简，然具韵味，显然受知堂影响；梁实秋《槐园梦忆》，梁文简朴之至，悲情力透纸背；张谷若译《弃儿汤姆·琼斯史》译文版，张氏译文典雅，妙趣横生，译笔之传神胜于萧乾译本；赵萝蕤译《荒原》中国工人版，谓赵师每有名译脱手，时必神情恍惚；素喜黄裳之文，尤喜其书话；金岳霖文字大有英人宴谈（table-talk）之风格；张紫葛《心香泪酒祭吴宓》大手笔，笔淡而境出……

总之王强说书妙语不断，本想打住，然有数则关于董桥记载，煞是有趣：1999年2月，购得陈子善编《董桥文录》四川文艺版，他写道："董桥正可佐酒。其文精、奇，虽略显脂粉，归之散文上品可也。"2001年12月去香港，他先在 Page One 书店买到陈子善编《董桥文集》

三册，发现此编共十二卷十八册，又跑到天地图书购六册，到星光大厦购七册，最终在乐文书店全部购齐，一时累得双腿打战，难以挪步，"然吾以为读香港董桥，港版才属正味"。

我知道王强与董桥相见很晚。2016年王强出版《书蠹牛津消夏记》；2017年7月香港书展，王强应邀赴港签售、演讲。其间林道群安排，王强与董桥首次见面。王强小董桥二十几岁，以晚辈相称。他们谈写作出书，只是相知的一个方面，在收藏西方典籍上，二位也有一比。董桥藏书积年，有见识，有财力，有华人收藏西书"第一人"之称号；王强藏书在美国，很少有人见过实物，因此成谜。席间王强拿起手机，请董桥看他藏书的数千张书影。董桥寻常为人彬彬有礼，很少开玩笑。那天他看着看着，突然抬起头来，笑着对王强说："不看了。否则我会杀了你。"

冷冰川：解读神来之笔

2015 年也是这段时间，《冷冰川墨刻》在海豚出版社出版。南京先锋书店钱小华闻讯找我，希望为新书做首发式。可能是南京的文化传统和地理位置优越，可能是世界最美的书店之一——先锋书店人气旺盛，也可能是冷冰川先生名声巨大，那一天前来参加的专家、读者之多，胜过我以往去过的国内很多独立书店。

紧接着，围绕这本书，好事接踵而来。当年年底，它即获中国好书榜艺术类第一名。2016 年以来好事又陆续传来：先是荣获第六十七届美国印制大奖金奖，接着获得香港印制大奖冠军。前不久，又荣获 2016 年度"中国最美的书"称号。作者、设计者、出版者、印制者、读者都为此欢欣鼓舞。自二十世纪末"冷冰川墨刻"横空出世，冷先生作品令人惊艳，他著述极多，独立当代，风靡艺术界，已有几十年的光景。于是更多人要问：这回新书出版，再度获得满堂喝彩，究竟是何种原因呢？

冷先生是一位艺术奇才，他的故事颇为传奇，此前述说的人已经很多，但坊间八卦、讹传也不少。这些年我做他的出版人，经常接触，言谈交流，弄清许多事情，略记如下：

其一，冷冰川墨刻是版画吗？

冷先生说："我一直觉得，我画的不是版画，我没有参加过任何版画展。"冷冰川不喜欢版画："版画必须首先反过来画一遍草稿，过程中有许多不自然的步骤，多了工艺性、手艺性的步骤，我不喜欢。我不喜欢重复画草图，我喜欢直接在材料上刻画，我觉得那样很自然，更有绘画性。"

当然，冷先生承认，他最初的创作灵感还是脱胎于版画。二十世纪七十年代，生活条件不是很好，冷冰川只能在图书馆的角落里，从鲁迅先生早年推荐的文学著作中，找寻版画插图，结合文学原著一起来看，反复临摹，就此走上一条偏爱黑白的道路。他说："那时虽然我没看过任何原作，但是我知道，杂志印出来的画面颜色靠不住。相对而言，黑白版画的信息传递比较准确，其原作精神也能看得比较准确一些。"

其二，何以要这样作画？

冷先生说，他的创作之所以选择黑白天地，除去上述原因和艺术因素，还有一点，那就是他早年没有钱买颜料。而那时他在一家印刷厂工作，厂子里的纸板可以随便使用，他就试验在纸板上，涂上一层"一得阁"的墨汁，再用一把小刀刻画，由此产生艺术奇观。正如刘骁纯所言："用最普通的小刀，那种可推拉的、掰掉旧刃颖出新刃的裁刻刀，在黑纸上刻绘出白色的点线面，刻绘出女人体、花间词、窗前月以及万种风情。"前不久冷先生还说："其实称我的画为墨刻不准确，更应该称刻墨。"

如今人们评论冷冰川墨刻，很热衷于讨论他的创作受到哪些艺术流派的影响，在哪些前辈身上得到更多的传承。冷先生说，他对于艺术的追求，由痴迷到勤奋，多年来几乎临遍能见到的各种东西美术图式，边临摹边创作。但他始终强调："我是一个自修者。"

其三，本书收了冷冰川多少墨刻？

全部。此书原定名是《墨刻全集》，将画作按照编年体排列。其实冷冰川先生墨刻作品，一共只有一百多幅。他说，画这种画太累了，每一刀都必须一次完成，不能修改，不能接续。

花草画错了，还可以将错就错，将小花改为大花，人体却不能改动。一刀走错，人就死了，这幅画只能作废。再者画到细微处，人的眼睛也受不了。随着年龄增长，有时刀锋的流动，只能靠感觉完成。

其四，为什么冷冰川墨刻的尺寸较小？

对此，董桥先生的解释颇有诗意，他说自己藏画数十年，就喜欢收藏小幅的艺术品，诸如"斗方，册页，扇页，扇子，文人书房的闲花闲草，欧洲画店多极了，藏书票大小的袖珍丹青也不少，每回去玩总买得到三两张玩玩"。因此，汤定之的公子汤新楣先生戏说，董桥的这种偏爱，叫《水浒叶子》情意结"！看到冷冰川先生的作品，董桥先生不禁赞道："冷冰川是茫茫六朝烟水里走出来的人，他一定看惯这样的颓废这样的思恋，读他几幅黑白作品和画布油画，我其实也读到了放大几百倍的《纳兰词》和镶在西班牙浮雕画框里的《漱玉词》。"

冷冰川先生说，他的墨刻画线条都是一刀下来的，刀锋不能停，但人的手臂只有七十厘米，刻刀最多刻到七十厘米，很难画长，最大的画也就七十厘米乘五十厘米。因此冷先生作画时感觉很压抑，一直遗憾不能创作大一些的画。近来他将作品竖起来，才有所改观。

其五，为什么本次出版的《冷冰川墨刻》频频获奖？

我觉得有三个因素起到关键作用：首先是冷先生的画有号召力，这又是墨刻的集大成之作，必然受到艺术界关注。其次是装帧设计家周晨的贡献，他不但自身艺术功力深厚，而且与冷先生关系至密，彼此了解至深，这一定是设计与内容珠联璧合的基础。最后是上海雅昌印刷的努力，这也让我对雅昌品牌有了更好的印象。

当然还有一个更重要的因素，那就是书中的墨刻图片，完全是用原图拍照的。因为墨刻的线条是用刀刻在纸板上，细细思想，实际上那线条是不存在的，如果图片不好，许多刀痕就不见了，根本印不出效果。所以此书印刷极难，尤其是黑色印刷，更是难上加难。

其六，对花草与女人体有何解说？

先说花草。祝勇先生的评说颇为经典："从这些画里，我们看到冷冰川对植物的青睐。比如《西班牙山水之二》里密集的树林，《酿酒的石头》里漫无边际的葡萄园，《卷帘人睡起》里相互交错的枝叶与藤蔓，《摸鱼儿》里排山倒海的芦苇，《醉斜阳》里的月下清竹，《雨蕉》里丰腴肥硕的蕉叶，当然出现最多的还是向日葵。我相信一个植物学家，面对这大片大片的植物园，定然会哑然无语。"而冷冰川先生自己说："更多时候我甚至能比我的作品更朴素，更真实，更诗意，也更虚荣。我常常找到变成草的机会。"

再说女人体。冷先生私下说，他画裸体并没有色情的感觉，甚至在画许多画作时，他根本没见过真实的女体。最初他只是根据各种图像上所见，以及自己对女人的想象落刀。他说："我没有色情的作品，我只是收集性命的纪录。我作品里的女人都是虚构的，只有欲望是真的。任何纯真的情感，总带着一种美。情感深如大海，我们不知道它的深浅。"

其七，他真的不善言谈吗？

与冷先生见面，他经常会说，我嘴笨手笨，不善于表达。其实许多朋友都说，他的语言和文字太有特点了。比如他说："酿酒的时候，语言是多余的。"他还说：

刺瞎人眼的是光芒。

艺术家必须抱有单纯的信心，因为没有任何恐惧，所以我们可以做一些疯狂的事情。

人们说我太单纯，太天真了，我不惭愧。因为是他们的信心太少了，从不敢梦想我的梦想。

我总是认真地创作，而受到的批评又总是业余的。

作品越单纯越有味，人越单纯越高尚。

思想要精深，作品要大纯，表达要直率，富有诗意。

深情无可救药，所以只有越爱越深。

我凭感觉和想象创作，作品无法注解。任何解释都是无用的。作品完成后可以是一种结果，也可以是一种开始。

艺术不是表现一个人的智慧，如果仅仅是一个人的智慧，那肯定浅薄。

绘画是我寻求心灵自由、精神放纵的唯一方式。创作中我的躯体、精神和心灵融于一体。

这时候，我爱人人、爱自然、爱艺术甚过爱自己的生命。

其八，他为后来者提出什么建议？

冷先生说，我是一个自修者，况且每个人情况不一样，我也没有资格建议，我觉得他们如果是学画画技巧，可以在学校里学，主要的还是毕业后学，四年学校学习只是入门，一点用没有，就是技巧。要讲方法，老师不能教你什么，论现在感受到的技巧、方法和国外先进经验，甚至学生比老师更敏感。学校的学习仅仅是入门，文化修养更重要。

论技巧，花十年大家都在一个层次上，最后大家拼的是教养。有的画家能源源不断创作，还有的画家越画越死，他就是不看书了，只是弄一些技术，而且画着画着就没有生命了，没有精神的东西添加，作品就重复了。

冷冰川：你的劳作简直像宋朝人

前些天一个早上，冷冰川先生发来语音私信，声调中充满喜悦与欣慰："晓群，感谢你的连线。昨天下午我去拜见黄永玉先生，谈得高兴。先生九十五岁，头脑清楚，状态好得不得了。"

冰川还发来几段视频，见到黄先生对冷冰川说："这几天，我一直在读你的书和画。昨晚知道你今天会来，心情很好，没打草稿，信手题诗一首。"黄先生站在那里，慢慢打开一卷宣纸，他声音清朗，读道：

"《读冰川画——你的劳作简直像宋朝人》：你的画，是五寸厚的大辞典，／每一页，／每

214

一行，／每一颗字粒，／都标帜着一个／可靠的心地：／母亲的细心，／父亲严厉，／情人的甜蜜。／你的笔墨像／轻轻放牧蚂蚁那么多的羊群，／让它们在草原随心漫步。／你为那些紊乱不堪的杂木荒草梳理发髻，／让她们从野丫头变成闺秀。／你让每粒砂石，每片树叶，每根野草，都显出教养的仪态。／你把绝望变希望，让流浪的星星都有了归宿之处，风暴变星月满天。／你是个快乐的屈原徘徊在温泉的汨罗江上，／你的开垦／不再让人们怀疑艺术的市侩和浅薄。／黄永玉戊戌年春／即兴于北京东郊太阳城／时年九十五岁"。

"你的劳作简直像宋朝人！"——让我想起好多年前，冰川接受记者采访，谈到艺术创新，他说："中国绘画的高峰在宋代，宋人对艺术很虔诚，他们往往在纸或绢上反复渲染。我遵循古老的方法，试图在布上反复渲染，用中国笔墨，还是点线面，和墨刻没什么区别。观众看到堆积的，不过是画很多遍的笔墨。"黄先生一语中的，可见二位心灵相通，难怪冰川如此感动。

接着，他们开始评论画家的水平和技法：张正宇的画好，黄先生亲见他作画，画得好极了，全部功夫，都落在一个"慢"字之上。叶浅予画"淡墨"为何不洇？黄先生曾当面请教，叶先生说要"加胶"，只是两个字，便点破了一种技法的奥妙。谈到学习绘画的启蒙方式和原动力，自学与学院教育各有优劣，但黄先生说，"要读书"三个字，才是最重要的前提。

黄先生对冷冰川艺术的喜爱溢于言表，冰川解释，可能是他们走着类似的道路：都未接受正规的美术教育，都是无师自通，都是野蛮生长；都是靠辛劳、靠悟性，达到自我觉醒的境界。在技法上，他们提笔落笔，都不打草稿，随性而为，想好了一挥而就。而且绝不会失败，不会出错。即使有错，也会在画面上演化出新的路境。

我顺着黄、冷二位先生的思路推演下去，想到黄先生说他一生中，百分之七十的创作时间都用在木刻上。再想到冰川曾说，他最初的创作灵感还是脱胎于版画。是啊，在冷冰川墨刻的突破与创意中，我开始浅显地理解黄先生欣喜的缘由。此时，精神的传承，就凝聚在某一个艺术的节点上。

我翻开黄、冷二位的画作，在我的脑海中，映射着黄先生笔下那只猫头鹰，那张红色的小猴票，那个湘泉的酒瓶，尤其是那个竖在田野上，令人感伤的稻草人；映射着冰川那一幅幅栩栩如生的黑白意境，花木与女体之美，让你对画面上纯黑的底色，永远充满着五色的幻想。此时，天赋的意义，再一次得到真实的印证。

我站在令人震撼的黄先生《山鬼》面前，

被那美妙的表达所吸引，脆弱的心灵在微微战栗，但我依然会沉入黄先生三四年间的思考之中，静观一位艺术大师，对那一缕亦幻亦真、非花非雾的魅影的捕捉。我看到冷冰川锋利的刀尖，在我眼前缤纷划过，但我依然会追寻着他刀光下的留痕，体会那样一位彪形大汉，苦苦劳作三十年，留下一百余幅惊世画作的神奇。此时，辛劳的汗水，自然结出丰盛的果实。

其实上面的故事，还有一段前奏需要交代。

在此前一天晚上，朋友带来口信，他说黄永玉先生一直忙着写《无愁河的浪荡汉子》，在《收获》上双月一期连载。这几天黄先生刚交一期稿子，空闲几天，希望能与我见面，谈一谈出版的事情。听到黄先生约见，实在难得。我遵时来到黄家，一见面像熟人一样，轻松地聊起黄先生的写作和书稿。我赞叹他身体好，头脑清楚，还在写那么好看的文学作品。他说可惜动笔太晚，此生怕写不完了。但早年的记忆还那样清晰，让他感到心痛。

我奉上三本海豚出版社的书，也是精挑细选，一本本送到黄先生手上。第一本是仿真版《鲁拜集》，他赞扬我们制作之精，还谈几句郭沫若的译文。我随口说石刻版，黄先生纠正说是石版画，图案美极了。第二本是韦力《上书房行走》的羊皮版，黄先生先说书名起得好。接着他说自己最敬重藏书家，他们的故事往往让人感伤。他在几十年前曾收藏许多好书，也包括陈老莲的画，后来均丢失。这让我想起黄先生一篇文章，说（二十世纪）五十年代末，他才三十岁，立志画《水浒》人物，黄裳送给他十几张陈老莲原版《水浒》叶子。第三本是《冷冰川墨刻》，就是黄先生诗中说的那本"五寸厚的大辞典"。我介绍说此书为编年体，近乎"冷冰川墨刻全集"，两年中得到很多大奖。此时我发现，黄先生立即兴奋起来，他不断翻看，口中说着许多赞美的话："我喜欢冷冰川的作品，他是真功夫，画得美极了，他是当今最好的画家……"

此后我们谈书稿的事情，又在一起吃饭，说一些闲话。黄先生说，《永玉六记》可以出一个增补本，叫《永玉十记》，补几个章目进去。他还说，这年春节有客人来看他，谈到《无愁河的浪荡汉子》时，客人问："有些历史阶段，你会怎么写呢？"他说："写出来你就会知道。"黄先生讲人生智慧，许多观点与众不同。我们聊的时间不短，一直到夜幕落入浓重的雾霾之中。

没想到第二天一早，我收到私信："俞先生早，黄先生想见冷冰川，您能联系么？"

于是，才有上面的故事。

周立民：不甘心正襟危坐

——《躺着读书》序

周立民以文字显世，落笔有三个分区：一是学术研究，围绕巴金等现代人物，著作颇丰。二是文学评论，走主流文字的路径，涉猎广博。三是什么？散文随笔？文坛闲话？学人八卦？文学边角料？花边猎奇？

上述三个领域，前两者一本正经，不在话下。单说这第三分区，究其根源，也是沈昌文、陆灏《万象》的余绪。再向前追溯，海上新老人物的身影，都会一一显现出来。但为什么这里的内容，会有诸多问号跟随着呢？说来此类文章写作，最难的地方，就在"不正经"三个字上。当初沈公气血旺盛，编"书趣文丛"，编

《万象》杂志，后来陆灏、子善、傅杰诸君编"海豚书馆"，他们还不时现身说法，无非是为我们演义"第三分区"的种种妙处。由此做到"俗而不失其雅，闲而不失其真"，确实是一件很难的事情。时下许多学者声称不屑此道，其实是做不到那样的境界。没有丰厚的积淀，没有极好的悟性，没有充足的自信，没有生活的情趣，也只能望文兴叹。

立民学术有成，却不甘心正襟危坐，愿意来到第三分区落草。映入我眼帘的，先是他在晚期《万象》上写的文章，后来由祝勇引到海豚出版社，将他的《简边絮语》列入"独立文丛"。再后来他的《闲花有声》列入海豚布面小精装书系，他本人也与我走得越来越近。

立民腹中学问称得上"大书包"，对知识的理解也为上乘，但我静观他这一组随笔文字的演变，还是经历了一个由拘谨到逐渐放开的过程。我们时常夸人"胆大心细"，立民先从"心细"入道，保持学术本色，此后再一点点"胆大"涉水。有自身功力护航，再留心将文字间的缝隙修饰光滑，最终成就一手好文章。前不久有中学考试，将立民的专栏文章《书的颜值》列入考卷中，让考生分析思考。也可以看出，他的文字已经颇有功力，并且不落于时代的步伐。

看着立民名声渐起，我和我的团队也越来越喜欢他的文字。尤其是我的那些小编们，他们貌似年轻，其实很有见解，时常会向我表述对一些作者的看法。近来他们几次向我提到周立民，说他不但文章写得好，还是一个很有趣的人，希望我能多出几本立民的书，建议我能给他写一篇序言。我知道立民有粉丝簇拥，应该不是"颜值"的作用，虽然那些小编大多数是小女生，但说立民"是一个很有趣的人"，应该是问题的关键所在。最近杨小洲也称赞立民的学问，主动承接他的项目，为他设计书装，也证明了这一点。

这次为立民新著写序，我细读他的书稿，发现随着笔端的放松，立民的文字风格越发显得个性、俏皮而尖刻。再深一步思考，我突有闪念，头脑中竟然跳出那句网络流行语："细思极恐"。为什么？别怕，我是说他的才华与奇思妙想让人惊恐。在这里，我暂且披露四条笔记，权作一点解说：

其一，南人与北人。

立民是北人，七〇后，面容温和，目光隐晦。冷眼望去，他那憨笑的模样，酷似照片上的沈从文，也有几分巴金的气象。常言道，环境可以改变一个人的气质，立民这些年沪上熏陶，又是复旦博士，又是巴金故居主持，是否改变了什么呢？北人粗声大气是没有的，在江南的春风里，弄得蹑手蹑脚，轻声细语，也未可知。

说到南人与北人，恰好立民有专文评说，其中讲到鲁迅观点，无非是"大约北人直爽，而失之粗，南人文雅，而失之伪。粗自然比伪好"。不过鲁迅此番言辞，是前辈在安慰背井离乡的萧军、萧红。身为青年导师，鲁迅关爱四方晚辈，从来心切，不惜自贬个中南人，也可以理解。立民聪慧，早已看破鲁迅本意，除去对前辈增添几分崇敬，更不会不识品相，自恃北人，以粗为雅，以雅为伪了。

不过鲁迅评说南人："但习惯成自然，南边人总以像自己家乡那样的曲曲折折为合乎道理。"却符合立民文风的用意，学问做到这份儿上，他哪会甘心写一些消闲文字，逗你玩儿呢？细细观察，立民文中影射、嘲讽、挖苦，或绵里藏针，或别有用心，种种笔法，处处可见。我自总结，立民用的是"北人幽默、南人思维"，所谓"北人南相"，遇到此类人的文章，还是要小心阅读。

其二，好人与坏人。

立民是研究文学史出身，十几年琢磨，他久已发现一个事实：在浩瀚的文学史上，怎能只有作品，没有人影呢？再进一步，这庞大的资料库里，怎能只有好作品与坏作品，没有好人与坏人呢？当然好人也可能写出坏作品，坏人也可能写出好作品，好与坏没有必然联系，有时好与坏也可以转换……混账的辩证法啊！我说的不是这件事儿，我是说立民的志向，是要跳出文学作品，站在人本主义的意义上，看一看这些作家的本来面目。在这里，我不断感叹立民的纯真与爱憎分明，好人与坏人，原来是常识，是人性真实的感受，现在又要返璞归真，补上一刀。

对于坏人，立民写道：萧军是一个纯坏人，

他不尊重妇女，不通人情，辜负了萧红那一片真情。田汉是一个坏事儿的人，"四条汉子"来见鲁迅，本来是三个人，田汉自己跳进去，张嘴就攻击胡风，导致后来的"惨案"。另外每次聚会，田汉不但装老大，带上一群人去蹭饭，还要照例唱几句京戏，气得鲁迅摇着头起身而去。郁达夫是一个阴坏的人：老婆来看他，他发表日记，详细描述他们的亲昵过程；老婆红杏出墙，他登报发表"寻妻启事"；老婆归来，他又登报发表"道歉启事"。叶灵凤是一个好恶心的人，他在小说《穷愁的自传》中，讲述主人公撕下三页《呐喊》，两张垫在地上接大便，一张握在手中，"仰窥穹苍的畅畅排泄一阵"。后来鲁迅说，由于叶灵凤便秘，所以又多买一本《呐喊》。还有，郭沫若说茅盾说话时露出牙齿咬字，活像一只耗子；巴金说周作人总爱在沈从文面前讲鲁迅坏话，说鲁迅有"迫害狂"

云云。

　　写好人时，立民笔下的鲁迅就是一位极好的人，他甚至在本书后记中还写道："有一天，我突然发现，家里每个存书的房间都有鲁迅的书，自己也愣了一下，不过，也会心地笑了笑。见了他的书，不论新旧，但凡印得像点样，我都控制不住要买下来。"当然，更好的人是巴金，立民一篇文章的题目是《巴金好，巴金人好》，描述作家孙陵流落台湾，梦中见到巴金，还会哭醒。前面提到叶灵凤骂鲁迅，立民也记叙了一些人骂巴金的故事，但越骂越显得巴老伟大。端木蕻良是一个好人，他长得很丑，却很温柔，最看重情感。他在萧红逝去四十年后，依然在诗中写道："风霜历尽情无限……银河夜夜相望。"郭沫若是不是一个好人呢？人们诟病他后来的节操，实则他当年攻击独裁者蒋介石，被迫流亡海外，落魄他乡。至于他对家庭的关爱，问题也不少，但其人品，依然要甩萧军不知几条街。不要以为郭老只会喊"我把全宇宙来吞了"，他也会在家中系着围裙，一面接待客人，一面还要给婴儿烧洗澡水。他也会陪着妻子，护理着三个病儿，几个晚上都不能睡觉。

其三，男人与女人。

在立民的笔下，男人的瑕疵太多。比如，他称钱锺书为"天下第一等尖酸刻薄之人"；他讽刺老舍给夫人"约法二章"，放到今天会被送到精神病院去；他嘲笑周作人"真会说话，居然会从《新历本》来表扬政府"；他赞扬周谷城八十年前的中国梦是"人人大便都能坐上抽水马桶"；他揭露胡适借梁宗岱的"离婚案"暗中推手，让梁教授逃离北大，远走日本；他还谈到梅光迪攻击胡适白话诗"真所谓革尽古今中外诗人之命者"。当然，更凶狠的攻击，见于杜亚泉的讽刺诗："一个苍蝇嘶嘶嘶，两个苍蝇哎吱吱，苍蝇苍蝇伤感什么，苍蝇说：我在做白话诗。"

总之立民出言出手，大多数男人是要受到批评的。那女人呢？立民面对弱者，往往笔软。只有对一个女人，他的鞭挞颇狠，那就是胡适夫人江冬秀。立民在《此人是哪位妖怪》中写道："看江冬秀照片，虽眉清目秀，一脸福相，但又怎么能与一哥胡适相比呢？因此，心中不禁叹道：老胡啊，老胡，旧道德的新模范当得苦啊。"立民这一段文字，用到蒋介石对胡适盖棺定论的评价："新文化中旧道德的楷模，旧伦理中新思想的师表。"挖苦的言辞有些过重。原因是历数江冬秀不良行为，可叹之处竟有七项之多：其一她打麻将，让胡适端茶倒水。其二她给胡适戴上"戒酒"的戒指，让人无法劝酒。其三她对胡适说，你要离婚就杀掉你的两个儿子。其四她检查胡适信件，时常询问："此人是哪位妖怪？"其五她监造胡家祖坟，碑上刻着："两世先茔，于今始就。谁成此工，吾妇冬秀。"其六她把"很"字都写为"狠"，因为胡适的文章中这样写。其七胡适给她写诗《我们的双生日》："他干涉我病里看书，常说：'你又不要命了！'我又恼他干涉我，常说：'你闹，我更要病了！'"唉，这日子过的！难怪立民拍案叹道："胡太太真是御夫女魁啊！"

其四，大人与小人。

立民写此书，不断表达对日记、随笔、札记等文本的喜爱。其实到了今天，还有一些新生代的"文本"值得关注，那就是邮件、论坛帖子、短信、微博、私信、微信、群聊等文字的遗存。在这里，我拿立民现身说法，看一看他在未来文学史上，将要被后人八卦的东西，会是什么呢？呵呵！

在微信上，立民知道"这是一个最好的时

代"，但他还是很自律，只喜欢拿家中两个人物调侃：一个是大人，他的妻子；另一个是小人，他的女儿。插一句，看到立民调侃老婆的留言，我曾经问他："你怎么这么说？家里出问题了？"他笑着回答："没有，说着玩儿呢。"我又问："让你老婆看到该如何是好？"他回答："看到就好了，可惜她从来不看。"

我觉得在许多时候，立民的态度表现出一种信任或爱。在更多时候，也可能是立民在有意模仿些什么：或者是想体验一下坏男人的滋味？或者是想演绎一番民国风范的姿态？还是在提示同人："你们都想要走出现代文学史，我却要走入现代文学史嘞！"

我最喜欢的，还是那个"小人"——立民的女儿。我们见过一面，她瘦瘦小小，长得秀气，像幾米漫画中的人物。她说话滔滔不绝，画画也"滔滔不绝"，在餐巾纸上。一位小才女，真的是。在微信中，立民曾经晒出三张纸条，下面注道："夜半，看到女儿的叮嘱：好好工作，天天开心；别加班加到太晚，注意身体；别说脏话。"

还有，小才女那段关于"诗与诗人"的论述，真精彩。再加上她写的那首小诗，几乎让我感动至死。其诗意之清新、流畅，也令我咋舌。我甚至问立民：如此幼小的心灵，是她写的吗？如果是，你改过吗？如果改过，你为什么要改啊？（注：后经核实，确系原作，大人们未改过。）请看：

2014 年 12 月 31 日：我女儿非常不理解，她的那些叔叔阿姨大舅二婶儿等等，一个个为什么非要做个"湿人"，她洗澡如果不擦干身子可难受了。后来看了他们送给爸爸的诗集，立即明白，原来诗就是一行字不写完，本子上留下那么多空格啊。还有这么偷懒的写法啊，这有何难？提笔咱也来一首：

站在树下等待的小雪人啊，

你何时才能明白，

这里整日下雪，

却永远不过圣诞节。

站在树下等待的小雪人啊，

你是否能读懂我的心？

你是我的故友，

请替我送给月亮一封信。

小雪人啊，

请你一定要给，

那个在河边的小姑娘，

替我告诉她丢失了红舞鞋却不必伤心。

站在树下等待的小雪人啊，

你知道我最信任你。

你也将永远，

和我在一起。

姚峥华：雪呆子的文采

姚峥华写书人书事，从 2013 年末至今已有五部著作完成，除去勤奋因素，她的创作天赋也显露无遗。就风格而言，记者的敏锐、女性的细腻、南人的温婉、北人的锋利，都在她的文字中有所体现。纵观五部书稿中的人物描写，个个新思迤逦而出，点点妙笔婉转纸上。再以赐序者观之，先是胡洪侠开篇，接着有毛尖、胡小跃、马家辉、张家瑜、杨照、初安民等文坛妙手、书业大佬纷纷"献芹"，精彩文字，让人目不暇接。

时光流转，现在第五部书稿落到我的案上。峥华指示："你也要写点什么！"是啊，我该写点什么呢？

思考一下，还是从 2016 年 8 月上海书展说起。那时峥华的新书《书人肆记》首发，邀我前去捧场。在此之前，我认真做一点功课，详读峥华的文章，想到三点意义：

其一，我想到 1936 年，毛泽东在延安接受美国记者埃德加·斯诺采访，谈到在湖南第一师范读书时，学校里有一个国文教员袁吉六，外号"袁大胡子"，被其嘲笑作文是新闻记者手笔。他说，这个人"看不起我视为楷模的梁启超，认为半通不通，要我以唐朝著名散文家韩愈为楷模，我只得改变文风"。后来毛泽东还说过"我能写古文，颇得力于袁吉六先生"。

我在出版界混迹三十余年，览阅各种书稿多矣。从事文字职业者，积年而收拾零金碎玉，集腋成裘者最多。其中不乏新闻记者，他们中落笔成章、能言善写者大有人在。但以多年经验观察，我还是觉得袁吉六的观点有道理，确实有许多记者的应时文章，使人且读且过，难以留存成书。实言之，最初见到峥华写人物结集出版，我确实有所担心，怕她跳不出"新闻手笔"的窠臼。后来见到她的文字，注重人物的深度刻画，行文进退有度，不落浮笔，不着浪言，走的竟是学者散文或称毛尖一派的路径，我的担心才算彻底消除。

其二，我觉得峥华的写作，又与"口述历史"的追求殊途同归。她的文章颇有现场感与可读性，未来还会有历史价值可以期待。

早在二十世纪九十年代，我就从李春林那里听到"口述历史"的概念。后来在春林启发下，我曾经组织两套丛书：一是"世纪老人的话"，孟祥林主编；一是"茗边老话"，赵丽雅等组稿。再有沈昌文、陆灏主编《万象》，定位也是文人八卦，人人都在挖掘自己的记忆，就看谁有水平。其中专栏如陈巨来《安持人物琐忆》，一时暴得大名，当然陈的"记忆文章"也不乏离谱之处，经常有人来信抗议，但更多的意义却是时代摹刻与历史价值。2014年吴兴文来到海豚出版社，我们商定组织"海豚启蒙丛书"，当时定位也是以搜罗"文人闲书"为主，像陈定山《春申旧闻》一类，可嗔可喜，可赞可叹，可读可记，可存可传。

当代中国，研究与实践"口述历史"第一人，当属陈墨先生。他一面注重理论研究，近年有《口述历史杂谈》等多部著作出版；一面不辞辛劳，一直在做现场采访工作。他说："这项工作很珍贵，也很紧迫。有些名家如吴天明，前一天晚上我们还在通电话采访，第二天早晨就没有人接电话了。从此天人相隔，一切记忆归零。"

我觉得峥华做的事情，也是此类工作之一种。她的写作突出五个特点：一是人物选取；二是现场聆听；三是秉笔直书；四是职业技巧；五是机缘巧合。尤其是这最后一项，峥华的写作得益于时代的天时，深圳的地利，以及生活环境的人和。她能够在那么短的时间里，见到那么多重要人物，与他们近距离接触，深度交流，这样的条件，甚至在北上广都达不到。当然更要感谢她的先生胡洪侠——那位"中国传媒界第一铁嘴"或曰"OK先生"，那超群的人脉与支持。

其三，说到文章水准，峥华已经有洋洋五卷著作奉献在读者面前，人们的阅读角度不同，看法自然不同，比如那篇《朱天心的三十三年梦》就写得极好。但我更喜欢她写亲朋好友的文章，禁忌少，敢下笔，而且因为熟悉，不必看资料，故而行文流畅，言辞亲切。究竟哪篇更好呢？我排一个前十的顺序，不作解释：

1. 姜威

2. 尚书吧

3. 陆灏

4. 毛尖

5. 马家辉

6. 韦力

7. 王为松

8. 钟叔河

9. 扬之水

10. 董桥

说完正经话，我也八卦几句。写此序前，恰好我与胡洪侠在京城相遇，酒过三巡，我说要为峥华新著写序。他说快写，我说用毛尖序的风格写如何？他说大哥啊，别别别，别再那样写，小姚已经很有名气，不必再拿我铺垫。说到这里，他脸都红了。好，我保证不拿你铺垫，也不提那个郭靖的别号，但有三件事情总要说清楚：

其一，多年来虽然我与胡洪侠好得"如胶似漆"，但最早还是先认识峥华。那时我刚到海豚社，第二年沈公、陆灏策划"海豚书馆"，峥华闻讯立即组织采访，在《深圳晚报》上推出三四个整版。尤其报纸封面上那张海豚高高跃起的图片，让我立即有了对未来的信心和期待。后来我们在北京相遇，我请峥华吃饭，才顺便认识洪侠。

其二，2015年，峥华与胡洪侠同时在海豚出书，该谁先出呢？海豚李忠孝、朱立利都暗中关照峥华的《书人小记》，设计师吴光前的封面也很下功夫。最终还是女士优先，峥华"小紫"走在前面，洪侠"小红"《非日记》紧紧跟上。

其三，峥华的网名叫"雪呆子"，是胡洪侠所起。但你一个燕赵汉子，如何能够完全猜透一位汕头聪慧女子的心思呢？随着时光流转，峥华写作蒸蒸日上，丝毫不见呆气。一次胡洪侠对我说，小姚静得下来，落笔很快，不过她这样写下去，会走上哪条道路呢？言语中露出深深的关爱。我肯定地说，未来不会在你之下。

最后，我还是要为胡洪侠说上几句话。那是在峥华第一本书出版时，立即有朋友调侃说，峥华比洪侠写得好。现在峥华新著一本接着一本，赞誉之声越来越多，数量也有超越洪侠的架势。可胡洪侠也真是 OK 先生，去年上海书展上，他给峥华站台，做事有模有样，使我由衷敬佩。但我不赞同谁比谁强，他们之间一是不可比：那是两种完全不同的文体和文风。二是比不得：胡洪侠是老江湖，笔锋辛辣，行文老到，思想深刻，需要天赋与积年的修炼；峥华写作依仗真情流露，思绪如山间流水，轻盈跳跃，心境也像春季的阳光一样光明、洁净。她书写真性文章，大可不必走我们这些"阴险文学"的路子。

后记

2019 年初，我整理出一组点评人与书的文章，其中谈到张元济、邹韬奋、丰子恺、叶君健、陈翰伯、陈原、李学勤、许渊冲、黄永玉、沈昌文、谢其章、张冠生、江晓原、王强、冷冰川、周立民、姚峥华等，它们源自我发表在报章、网络上的随笔，还有几篇序言。完成之后想到两点说明：

一是题目，它来自三十多年中，我身处出版界阅读生活的状态。那时我工作要看书，回家还是看书，存书也是办公室一半，家里一半，时常要在两地提来提去，常用的工具书、经典著作等还会备上两套，各处一地。比如在辽宁出版集团工作时，我的家中和办公室中各有一套《二十五史》，据说也是当时出版大厦中仅有的一套，有些编辑知道此事，应急时会跑来查找资料。所以几次写文章，我开玩笑说，我的书斋名字叫作"两半斋"，家中一半，单位一半。到北京工作后，"两半"的状况依旧。直到2017年10月初退休回家，我才打算将它们合为一体，由此结束两半斋的称号。为此我想了很多新的书斋名字，诸如闲闲书屋、深阅浅览斋等，试图将两半斋换下来。但真要更换的时候，我的内心中竟然燃起一股浓浓的依恋之情，始终挥之不去。毕竟为了一个体制、一个事业，将自己那么长的一段生命时光与之紧密结合，形成那样一种生活状态，哪能随便挥之而去呢？正是在这样的情绪中，我为这本小书命名时，最终还是确定用"两半斋随笔"。是留念，是纪念，还是什么呢？

恰逢此时，我的退休生活也在发生变化。最初的想法是让自己远离社会活动，遁入书斋，休养生息。没想到时过不久，我的兴趣又与一只"草鹭"勾连起来。那是我与好友王强、陆灏、朱立利等创意的一个工作室，题曰草鹭文化，旨在与一些志趣相同的人联手，做一些清心自在的事情。也是友情使然，爱好使然，我刚刚平静的心湖，又被那只美丽的草鹭撩起涟漪。如今草鹭已经翩然起飞，我所喜爱的一本本好书，一些精美的创意产品不断面世。尤其是新体制、新结构、新创意、新团队的组成，再次唤醒我对创业的热情。如此一来，恐怕那个"两半"的读书生活也要延续下去了，只是"彼一时，此一时"，新的工作状态，可能会与过去大不相同。究竟会有哪些不同呢？说实话，我自己也需要在实践中领会，这也是我依然用"两半斋"作为本书题目的另一个心理依据。

二是沈昌文先生的序言。回顾惩些年，从2003年我的小书《人书情未了》开始，沈公的序言就成为我著作的标配，不管我写的东西是否好看，不管沈公是否感兴趣，只要我极力恳求，他总会答应下来。转眼十多年过去，到这本书为止，他竟然已经为我写过十三篇序言。此时我不禁感叹：何谓师父？有沈公这样的关照，它的本义已经不言自明了。尤其是写到这一篇序言时，沈公的年龄已经由七十几岁到现在的渐至九十高龄，文章由长渐渐变短，文字由涌动渐渐平缓，但文中的思想越发深刻，情感越发浓烈！我知道，沈公的序中多为溢美之词，我实在受之有愧。我也知道，他是在鼓励我努力工作，接续和实现老一代出版人的理想。想到这里，我越发感到惭愧。

感念沈公如此厚爱，在此书出版之时，我会将沈公撰写的十三篇序言汇聚起来，制作成一个纪念册，题曰《沈公序我》，自费装订成书，赠送给诸位好友。

最后，再次感谢沈公赐序，感谢王志毅、周红聪、朱立利、刘裕、杨庆、张璋等好友的支持和帮助。

完稿于己亥年二月廿四

ISBN 978-7-308-19884-4

定价: 65.00元